奇劍及其他

小引

一時代的記念碑底的文章，文壇上不常有；即有之，也什九是大部著作。以一篇短的小說而成爲時代精神所居的大宮闕者，極其少見的。

但至今，在巍峨燦爛的巨大的記念碑底的文學之旁，短篇小說也依然有着存在的充足的權利。不但巨細高低，相依爲命，也譬如身入大伽藍中，但見全體非常宏麗，眩人眼睛，令觀者心神飛越，而細看一雕闌一畫礎，雖然細小，所得却更爲分明，再以此推及全體，感受遂愈加切實，因此那些終於爲人注所重了。

在現在的環境中，人們忙於生活，無暇來看長篇，自然也是短篇小說的繁生的很大原因之一。只頃刻間，而仍可藉一斑略知全豹，以一目盡傳精神，用數頃刻，遂知種種作風，種種作者，種種所寫的人和物和事狀，所得也頗不少的。而便捷，易成，取巧……這些原因還在外。

中國於世界所有的大部傑作很少譯本，翻譯短篇小說的却特別的多者，原因大約也爲此。我們——譯者的彙印這書，則原因就爲此。貪圖用力少，紹介多，有些不肯用盡獃氣力的壞處，是自問恐怕也在所不免的，但也有一點只要能培一朵花，就不妨做做會朽的腐草的近於不壞的意思。還有，是要將零星小品，聚在一本裏，較不容易於散亡。

我們——譯者，都是一面學習，一面試做的人，雖於這一點小事，力量也還很不夠，選的不當和譯的錯誤，想來是一定不免的。我們願受讀者和批評者的指正。

朝花社同人識。

一九二九年四月二十六日

摩爾那及其夫人

目錄

比利士

拉蒙尼

維埃之魂

拉蒙尼 (Camille Lemonnier 1844—1913) 從事文學生活還在一八六三年，終生描寫比利士人民生活，尤其是農民生活。他的作品是人類殘酷之有力量的表現，但仍有一種風格底生動的美。他寫下幾册短篇小說，其中許多流露出老弗來密希城底悲哀的精神。

維埃之魂 (The Soul of Veere) 深現老弗來密希城底淒涼的情調。原文見一千九百年出版的在夏天(It Was in Summer)的短篇小說集中。今自克拉喀 (B.H.Clark) 英譯重譯。

維埃之魂

柔石譯

那公衆地方的旅館裏面的小派詰，她問我有沒有一次看見過一個童子，他是時常「奏他的小曲的」？現在，這是什麼意思呢？我在維埃住了三天，沒有見過一個人對於她的叙述加以回答。老天呀，我自己想，在維埃那種地方會有這樣的呆子做那種事情麼？在那地方奏音樂是完全沒有意思的，門是永遠關着，僅僅很少的機會你可以在一個窗內望見三個臉孔，一位老人，一位老婦，或是一位美麗的姑娘，戴着平帽子同金屬的小片掛在額上的。唉，那邊實在沒有一個人聽他！在這樣奇怪的維埃小村莊內，他們攏總都像乾屍顯露在他們的綠的或青的小方塊的玻璃之後。

這是我的那塊地方的印象。倘若偶然我碰見聽到那童子奏他的小曲經過街巷，我便要用指頭放到唇邊去警告他，叫他不要擾亂這籠罩着房子深深的沉寂。孤零的大陽，散射着金光，靜睡在街心。這是很久了，自從牠不豫地試着去叫醒這曾經一回是醒的而現在濃濃地睡去了的這個城。牠的光在人家的門限上消失，好像叫化子的脚步，每天踏到門前來，但門是永遠不會有人開牠，陰影長是箐住在門裏。

即使我活到一百歲，我也不會忘記這維埃的街的情形，也不會忘記這房子突出在路邊之上，好像拱着手在祈禱一般的樣子。一切都是渺茫，一個人懷疑他自己的存在；僅僅一個脆弱的影子推動你，你還不自己十分確實知道，他究竟要帶你到什麼地方去。但是牠一直領你到教堂的公墓中，在這裏其餘一切的人都要去的。越過那裏在那城牆的後面，展着廣闊的海和許多船隻。頭上是蒼穹，濃雲，時時壓着這渺茫的海上。在這小城內，我感覺到自己要死去一樣，我的脆弱的心微微地跳着，當我的手指做些輕輕的生命的標號向那太陽的時候。

「那小派詰她要試試看利用我的輕信，」我自己想，「還是她談的關於很久以前的什麼事情，在什麼人都已經死去以前。」

在這時候，音韻鐘（註一）唱出他的甜蜜的小歌來。這使我想起一個夏天的星期日的午後，在祖父那裏，而這位老人正坐着看沙塵，從街邊滾到門下，他的兩手交叉着在他手杖的一頭上面的那一囘情形。這種奏出的聲音很像那老的破的風箱。這聲音緩緩的從望台流下來使我發愁；這是好像我立刻聽到這種歌聲，是老維埃在唱他最後的痛苦似的。

公衆地方的會議廳，建築是很精緻的，而且修飾的好像一個聖物匣子一樣。牠有許多高的神像在壁龕內，都是些皇帝聖賢們的像。我想——還有誰現在還知道維埃的歷史呢？——我鼓起自己的决心，這是無疑的，這音韻鐘的聲音是奇怪的看法的孩子言及的。而且我想，幾乎是藐視地，那些老神像如此沒方法的放在他們的神庫上，常常對那廣漠的海看望。他們立在那裏經過了幾世紀，他們的頭剛硬地生着，等待那些永遠不會發生的事實。也許那些從石頭雕刻出來的陰沉的眼，守望着船隻的囘來，那是很久以前的一天向港口揚帆出去的。近這塊公地有一座老教堂的尖塔，而牠的鑰匙已經沉到海底去歷有年所了。

全座都是鐵的。我不覺微微的一笑。每個人都離開了這個城，而且沿着這城牆而去，那是伸展到海濱的沙灘上的。僅僅有幾位老人留下，——老人，齷齪的汚黑的小塊在他們的鼻孔底下，像那只有死後有的綠黴。至於那些石像呢，帶着他們的劍與笏，倘如有生氣地命令着人類。

我向這塔走去，在那門上敲了三響。我做這種舉動多半好似一種嘲笑，因爲我明明知道在這寥寂的古代的「上帝的家」裏面是不會有人來答應的。我也想聽聽在這死影之中有一種什麽聲音。但奇極，這門會突然開了，而且現出一位美貌的年青的男子來，他有奇怪的眼睛。他穿着一件佛蘭絨的短衫，和銀的鈕子，簡直穿的和瑞蘭人一樣。他帶着一個手琴，樣子和那港口店裏賣給那班水手們在海上玩玩的一樣。當黃昏的時候，他們從這個拉出悲調來，有時幽咽急促地，有時婉轉悠長地。這位青年看去很像剛從睡夢中被喚醒一樣。但這樣，我疑惑了，所謂童子，如小派詰所說者，常「奏他的小曲的，」就是此人麽？

他從我身傍走過，不多彎轉他的頭，只沿着經過那淡紅色的牆，那一帶陳舊玻璃的窗邊，和栽着葱和菜的小圃。他慢慢地穿過那公衆地方，這小音韻鐘又發出悲調的時候，唱出維埃的極點的苦悶的愁歌來。風是温柔地飄揚着這個曲子，而且送她們飛過家家的屋頂一直向那海邊去。這位孤單的青年人，將他的手琴放在肩上，指頭按在音鍵之上，一寬一緊地按那樂器的風箱。這樣子，他奏琴好似爲他自己一人一樣。垂下他的頭靠近手琴，他微笑不復如一個生人的這種微笑。我想，我心坎之深處明白了，有怎樣神秘的理由感動這童子的理性，同時調準這音恰合這維埃之村的神秘。但我不能說明這個。

於是擾亂我心曲的事發生了。這位青年注視着這塔，望着立在神龕裏面的大神，又望一回這遼闊的海，他的兩眼閉着一種異日的光輝。這手琴也奏的更緊張更兇猛帶着一種癲狂的樣子。這樣，看去很像這鎮的古代的精神，立刻起來跳動在演奏者的精巧的指頭之下。他一搖一擺的經過街巷，跳着奇怪的步伐似那水手的角笛舞(注二)。他用脚跟震動那脚下的地，又將手琴高高地擧在頭上旋轉着，一時又很快地拿下來幾乎觸到地面；於是他在一處將身子伸正帶着動人的和愛，兩眼迷迷，臉上現出入神的正直的微笑來——伴着那有韻律的熱烈的跳舞音樂，鼓動着一位兒手或一位情人所有的被棄的熱情。

於是在那些懸有肖像的房子裏，漸漸地起來一種生氣，那些好似關在門內睡着有年的生命也重新現出來了，只期待着這位灰色的青年帶看他的手琴來吹。在窗內有一種笑聲從年輕的姑娘們的臉上浮出來，她們是裹着白色的頭巾，妝飾着古怪的螺旋突出如動物的獨角。是維埃的美麗的姑娘們，都躲在他們花邊的窗幕後，張口呆望似蜂陣中的玫瑰一般。看她們浮出深深的影子，和清新的臉色，到窗邊來；我想像，那些房子眞是洋寶寶住的房子，由邪法變做生命的——維埃全部的洋寶寶的房子，露出她們可愛的被海風所吹紅的兩臂，他們的膨脹的裙，她們的微紅的臉和眼，淡淡的有如海面。

這位音樂家如此街頭巷尾徘徊着，他的驕矜的態度慢慢的苦悶而悲痛起來，兩眼也充滿眼淚了。這很似深夜海上那些房艙小茶房所奏的哀怨的調子一樣。這是維埃之魂，爲她的失去了的愛人靜靜地流淚，爲那些可愛的姑娘們怨恨地歎息着，她們現在是長眠了，因爲這些美貌的青年人他們是到海外去了，而且永遠不回來了！最後，這手琴的歌聲也遠遠地到那海濱沙灘上面而終止了。

當我囘到這旅館裏，我向小派詰說，

「你是的，這城裏是有一位童子，他常奏他的小曲的。無疑，他是苦痛的化身。也有人知道什麼罪惡落在他的身上麼？」

這小貓眼的東西一笑，指着坐在窗邊的一位男人說，

「問他，他能夠告訴你比我詳細呢。」

呵，這故事更十分平常的。事情是這樣的，一天，這位童子愛上了這些洋寶寶似的姑娘們中之一個，她們是常常走到窗邊來的。一天傍晚，他跑到她的家裏去，

跳舞呀，彈手琴呀，而其餘的童子也一樣依照習慣來到她的房裏，他們也很趨奉這位姑娘。於是這位童子哭了，她就向他說，『你要什麼呢？我是愛你的，但我也愛他——走出這門外的人，而且我也愛這，當你離開以後來到此地的孩子……總之，我個個都愛！』有一次他從籬笆後望見，她在一位年輕者的懷中抱着，他比他先到的。於是他頓起火星，抽出刀將這位姑娘和年輕人都殺了。

『從這天起到現在，』告訴故事的人繼續着說，『他就在街巷漂流，一邊奏他的小曲。他就不十分惱人了，雖孩子們用石子擲他，姑娘們冷笑他。他並不知道了。』

但是我却不十分相信，這是眞確的敍述。事情僅僅表面如此罷了：就是在十分明顯的事實之後，會潛伏着神秘的意義的：這要我們去找尋，找尋兩者中的更美麗的一個。我於是對我自己說，這童子實在是維埃之魂。我現在明白了，他爲什麼從教堂門裏走出來。你，維埃小城呀，這位可憐的無智的音樂家是兩人傳染着同樣的沉靜的瘋狂。這是好像海風吹轉你們的頭。有些事情是過去了永不會回來，有些事情却還被你的音韻鐘悲悼着，嗚咽出在那手琴的調中。

在維埃地方常常有奇怪的青年人，他走向海濱的沙灘上去，眼向那廣漠的海上望着。

注一，樂器，由一組音韻的鈴組合而成，原名Carillon.

注二，水手中盛行之跳舞。

捷克斯拉夫

奈魯達

吸血鬼

捷克民族受奧國的羈軛凡二百年。在這二百年中捷克文字簡直如死了一般。幸賴鄉下老百姓的傳授，得於十九世紀初有復興的可能。捷克文藝復興的功臣是學者 Josef Jungmann 。他編纂捷克字典，如英國的約翰生博士，但前者的工作比後者更爲困難。

奈曾達 (Jan Neruda 1834—1891) 是十九世紀捷克新興文藝運動的健將中之一，代表理想主義一派的。他是詩人，戲劇家，主筆，批評家，與小說家。他生於 Prague ，他生命底大半從事於記者的與文學的工作。

繼曾奈達之後的有 Cech, Vrchlicky, Jirasek 等也都是十九世紀著名的文學家。

本篇吸血鬼譯自牛津大學出版的捷克小說選。

吸血鬼

異吾譯

天天往來於君士但丁堡與太子島之間的輪船載我們到柏列開浦，我們登了岸。祇有幾個乘客，我們兩個與波蘭人一家，父親，母親，與女兒及她的未婚夫。但不……還有幾個。一個青年，希臘人，在跨過「金角」的斯塔婆木橋上船的。由他携帶着的寫生册，我們斷定他是個藝術家。他烏長的鬈髮垂到肩上；臉色蒼白，一雙黑眼深陷着。起初我對他很有興趣；他是很慇懃的，能給我們許許多多關於我們在遊歷的國家的消息。但他太多言了，十分鐘之後我獨自離開了他。

反之，波蘭人一家倒很合人意的。老者很和藹沒一點矜誇的神氣，未婚夫是年青的文雅的一個人。他們是到柏列開浦消夏去的；女兒是嬌弱的需要南國的空氣。美麗的蒼白的女郎看去似乎正是重病初愈又似乎正患了重病。她依在她的未婚夫底臂膀上走，時時爲她的呼吸而靜立，又時時燥嗽中斷了她低聲的談話。無論何時她咳嗽，她的伴侶就停住同情地注視她，當她回看他時，她的眼睛似乎在說：『沒有什麼……我很快活。』

他們相信她的痊愈與他們的幸福。

希臘人，他在碼頭上離開了我們，推薦一個法國人開的旅館，一家就決定在那兒住下。地位並不高，風景絕佳，旅館設備完美有法國風。

我們一起午餐，當午熱有些退了時，我們大家徐徐地走上斜坡到了一個松蔭下觀賞風景。我們不久找到了一個適宜的地方憩息，希臘人又看見了。他祇對我們鞠躬，四周找尋一個相當的地方在離我們幾步地方坐下，打開他的寫生册開始作畫。

『我相信他想背着石巖坐下使我們不能看見他的作畫，』我說。

『我們並不想，』年青的波蘭人說，『我們有很多別的東西可看。』

過了一忽兒他又說：『我相信他是把我們當前景……不去管它吧。』

的確，我們看看別的東西已儘夠了。我不以爲世上還有比柏列開浦更可愛更快樂的地方了。歐林烈士，與加爾滿皇帝同時人，曾在此處流放過一月。若我能在這個地方住一月，在我此後的生活的記憶裏當是快樂的了。就是僅僅那一天我也不能忘却的。空氣是如此清潔，温和與晴朗我的靈魂有如添上絨毛的翅膀翺翔復翺翔了。右邊褐色的亞細亞石岩聳立海中，左邊，遠處，是歐洲底藍色的嶮峻的海岸；靠近我們的查爾幹，多島海底九島中之一，生着沈鬱的扁柏叢，緘默地膽怯地站着；這看去好像一個鬼纏的夢。一所大厦屹立島頂……這是一個瘋人院。

馬爾馬拉海面滿是漣波，溢出種種色彩如閃耀的貓兒眼。在遠處看去色白如乳，靠近我們有玫瑰色的微光，在兩島之間照耀如金橘；在脚下深深的是藍玉般的藍。它底可愛在不使人煩擾，沒有大船在它上面行駛；祇緊傍岸邊有兩隻小船，飄揚着英國旗，在來來往往地游弋，一隻小汽船，大小與一個守望者的木棚相彷彿，與一隻水手們划着的船；流動的日銀當他們節奏地划槳時點點從他們的槳上滴下。無畏無懼的海豚滚來滚去傍着船隻，或在水面跳了長長的半圓。時時巨大的蒼鷹自大陸駛向大陸寂然飛行。

在我們座位之下的斜坡覆着滿開的玫瑰，空中滲透了它們的香氣。音樂底聲音，渺茫的與夢幻的，從岸上珈琲店底拱廊裏傳到我們地方。

我們都深深地受了感動；我們的談話停止了，我們自己完全沉湎在被這個天堂底默想所喚起的情緒中了。年青的波蘭女郎躺在草地上，她的頭投在她未婚夫底懷中。嬌嫩的鷄蛋臉兒露出微紅，突然淚珠由她的藍眼睛中湧出。她的未婚夫了解她的情緒，俯下給她一點一點地舐去。母親目了這個也像她的女兒般哭泣了，而我呢……凝視着女郎，我也感到我的心好像太充滿了。

『此處身體與靈魂定可復元了，』女郎低語道，『是怎麼一個快樂的塲所呵！』

『上帝知道，我沒有一個寃仇，』她的父親說，『就使我有，在此地碰到他們，我願寬恕他們。』

他的聲音顫動着。

又是寂然；我們都感到一種不可言說的溫柔的情緒。每個人覺得在他內心有他所渴想與世人同享的一個幸福底世界。因爲我們大家深知別人所感到的，我們中沒一個人說話。

我們絕少注目那個希臘人，約一小時光景他打弄他的寫生册向我們點一點頭走了。我們依舊坐着。

幾點鐘過去之後，天空漸漸變爲紫色使南國更覺動人，母親提醒我們這是囘進去的時候了。我們向着旅館下來，步態緩緩地却是輕泛地，好似無思無慮的孩子。

我們在旅館底前面的一個洋台上坐下。坐定未久我們聽到下面有爭鬧聲與詬罵聲。那位希臘人似乎在與旅館主人爭論，我們諦聽以自遣。爭論並不久長。

『若我不必顧到他客……』旅館主人說，當他走上洋台的梯步時。

『請問，』年青的波蘭人說，當他走近我們的桌傍時，『那位先生是誰？他姓什麼？』

『呀，上帝知道他的姓名，』旅館主人悻悻然說，怒視欄杆，『我們叫他「吸血鬼」。』

『我想是個藝術家罷？』

『好個藝術家……除了畫屍首沒有東西。恰當有人在此地或君士但丁堡死去的時候，就在同日，他完成了他的死者底畫像。那是因爲他先期畫的……呀，他永不錯誤，這個搶刼的惡徒！』

年老的波蘭婦人發出一聲驚呼；她的女兒倒在她的臂膀上昏去了，完全失去知覺，看去眞如死的了。

她的未婚夫一躍跳下梯步，一手抓住希臘人一手想拿寫生册。

我們跟他下去；兩人都在塵土中打滾。

寫生册翻開了，一頁一頁飛散了，我們看見其中一張是個動人的少女底肖像。她的雙目閉着；一頂番石榴花冠圍住她的額角。

捷克斯拉夫

凱沛克兄弟

有生命的火焰

克勒爾・凱沛克（Karel Capek 1890—）和喬斯夫・凱沛克（Josef Capek 1887—）的父親是一個醫生。他老人家希望兒子們承繼家學，但他們是富於感情和幻想的人們，所以走了和他們父親所不同的路。

克勒爾十歲就開始寫文章。十四歲時在各雜誌上發表詩。當他還在書院裏時爲報館寫星期文學雜談。他的第一本長篇小說"The Making of a God"是滑稽的，諷刺的。他的戲劇有"The Affaire Macrapoulos"等等。他也和他的哥哥合寫短篇小說和戲劇。喬斯夫是個立體畫家。凱沛克兄弟的戲劇是現代捷克文學中最有名而且最好的。

這篇有生命的火焰是代表自然主義一派的。他們對於想像與諷刺底貢獻和連合他們的精神與作品底和諧的同情是一樣的出色。

有生命的火焰

眞吾 譯

有曼諾勒者，他底青春的大部分在一個南方的海口處度過。他似乎並不缺少能使他快樂的東西；他享用他底青春及本鄉奉獻給他的一切，他受人們尊敬，受婦女們愛悅，也受他底友人們敬愛；凡知道他的人都以爲他是個有福氣的人。不過他自己常常以爲缺少一些東西，常常以爲他底幸福不是眞的；有煩惱及死的負擔混於其間，這個就使他底心悲哀。若講到要過着他不能明白地想像的生命，恐怕他自己這樣活養自己也不滿足了，……原因大概是這樣，他是住在這樣一個地方，那里的居民呼吸遠處的金塵，觀賞鼓動他們底戀慕的蔚藍色的海洋，在那里只要一步他們就能分離自己而駛到自己喜歡去的地方。恐怕曼諾勒並不十分覺悟這些的，只覺到一種祕密的不滿足及普通的戀慕，講到這不滿足和戀慕，他不知道它從何處而來，或怎樣可以如願以賞。

某黃昏他在本鄉街上散步。黑暗已密集，曼諾勒獨自躑躅，沒有一個抱定的目的；他慢步走，走到一個海口，在碼頭上他靜立着。

海水緩緩地泛瀲着，爽人的微風從海上吹來。許多帆捲的大船正乍上乍下搖動着，腰窩相擦唧唧作聲。在正中碇泊着一隻比餘船大些的船，閃爍發光的小船繞着它跳舞。

這個意思曼諾勒突然感到：「倘若我乘船赴印度則將怎樣呢？」他站着注視昏暗的水與黑色的船。「假使我乘船赴印度……？」他又想起。立刻有兩個人來聯絡他；一個是身材非常高大，一個是黑色的。

「先生，」高大的一個說。「你曾聽見過麼？一隻燕子或一架風箏能像有上帝相助的人駛得遠麼？先生，世界是包含或以遠近方向組織而成的。你底妻帑，你底鄉人與你底房屋於你都是煩惱，你厭惡你底幸運，在你底生命中是要失望的；但是在異邦你可以沒有妻沒有鄰沒有屋。你可以生存於羅盤底四點之間，各方都無阻礙的，像康莊大道，等你去選取。所以，離開你底樊籠，啊人喲，隨手閉了門；於是你會明曉，會稱贊這出衆的智慧，這智慧創造這樣多的方向，這樣多的遠近，證明上帝底眞的力量與非常的威權。亞們。」

「在各方向之端，」黑奴說，「有比一切都優美的人民或島嶼。在世界上有些地方你會尋到這樣奇怪的東西，就是你會欣然忘記一切你所已知的；但是有些別的地方還有更美麗的東西；你永不會到那端的。」

「還有別的事情，」高大的一個說，「是關於住在那些異地的人的，他們在那里變統治者或暴虐的君主，無限地變成富人，享受國裏或島上的一切女人。有幾處也是人獸都沒有；什麼都沒有，只有上帝底自由。不過人底眞自由不是在一處可以尋到，是要在整個世界裏的。」

他們正談着的時候，他們把眼睛不斷地釘住在張帆像鳥般張翼預備飛翔的船。

鈴聲響得高而久。於是這兩個人恨恨地跨上小舟求曼諾勒：「尊貴的先生，請保舉我們於上帝底保護之下。」

「你們到那里去？」曼諾勒問。

「尊貴的先生，到地獄去，」這個白人說，以足推開船。

「到印度去，」黑的一個說。

「假使我與你們同去呢？」曼諾勒說，跳進小舟底中央。小舟很利害地顛搖；黑奴以有力量的推拉划槳他們撞着大船的腰窩。在它駛到大海之前，他們已在甲板上了。

曼諾勒底餘生就做一個水手。

他們沿着條湟司，埃及，亞拉伯及印度這些海岸駛去；不過曼諾勒在各處並不逗留，船回歐洲之後，他又渡重洋駛往遠處。歲月如流，但他並不回家。他經過幾次覆舟，見過許多同伴底死亡，他則尚偷生於人間；他從馬拉里亞及各種熱病之中逃出，從潮濕及昆蟲底毒害逃出；他受傷而獲醫愈，國人已以爲重傷身死丟棄了。不過曼諾勒無處可以尋得休息或最後的滿足；他無處可以安身，但他願意遨遊四海受悲苦的生活。他底漂泊的生命永不會給他凡是他所戀慕的，他底熱情驅着他向前進，向前進直到他老了，被他底工作的艱苦所消損，不能抗拒死亡。因爲他可憐，無人來過問一個漂泊的人，或收受他，曼諾勒臥在路上待死。不過他的命運注定他不該像荒野裏的獸類或平常的人這樣死去，把他送進「慈善醫院」。他橫臥在一間大的病房裏，在他底頭上寫着他底名字及致死的病症。他底手交錯在他底胸上他靜睡着。

當他醒時，一個年青的教友到他床前說：『先生，一個病生得很利害的人，他不知會遭遇些什麼；不過來自首，來清除他靈魂裏使他煩惱的一切，這卽使於身體健康的人也是有益的。你願悔過自首，以贖罪底樂事來重新你底靈魂麼？』

『我願意，』曼諾勒說，『因爲我曾歡喜地嘗一嘗我底命運給我享受的快樂與甜蜜。』

於是這虔誠的教友急向他底神父處去，這神父是個著名的解罪的神父；他告知神父，說有一個人有病在醫院裏，他懷着異教徒的品性，現在恐怕可以感化他了，使他自首悔過。

神父來看曼諾勒，和善地對他說：「我底親愛的孩子，我聽說你的生命是有限了，你願意在上帝之前傾倒出你底靈魂，給他你底行爲底敘述。」他復滔滔地講到自首；還說這於我們是好的，在離開生命之前視生命是一個整的，再約略述說我們底行爲，所以曼諾勒開始眞實地希望自首，求神靜聽。

『好好的估量一估量你底行爲，』神父說，『再回想起一切。你底病不會有不便罷，你底記憶已足足使你不會忘記重要的事情麽？』

『我從來不會如此刻更明白地，更完全地看見我底生命，』曼諾勒說。

解罪的神父發現他這樣謙虛很高興，囑別人離病室，在他底牀旁坐下靜聽。

曼諾勒問：『我依怎樣的次序說呢，依時間呢，地點呢，還是我底行爲呢？』

『你以爲最容易想到的，』神父說，『不過我願意你先說行爲。我看你是個善感的人，我如上帝之意來容納你底認罪。沒有恐怖沒有譴責而脫離生命是快樂的，當他起程到更好的世界的遠行時候。』

『我底生命，』曼諾勒回答，『已充滿了工作，所以我指望有久長的休息與安睡，我並不怕墳墓，因爲它是沒有蚊蚋的一張牀；也不怕黑暗，因爲它不藏竊賊與毒蛇。還有將永不再去住在我所見過的迷人的島嶼，也永不再去聽我所聽過的悅耳的歌聲；不過我將入睡，夢見我所愛的，我將不忘記一切，一件我所見過的東西。』

曼諾勒在他的牀上坐起繼續道：『有這許多經驗，我生命底故事這樣長我不知道從何處說起，或怎樣我能夠處置不遺漏一點重要的事情。我怎能描寫我所看見過所感到過的一切底美呢？自然，人祇有當他將死的時候是正直的，在這霎時一切我的事情與經驗由我看來是一樣地重要一樣地有價値。這是重要的我離去我的故鄉，這是重要的我永不曾回去過，祇在異鄉流浪；我祇是被引誘過去，漂泊底慾望永不曾也沒有一處離開我過。我怎能把我所遇到過的事情都告訴你呢？我知道世界底各部，一切島嶼與大陸，與一切住在那兒的居民。我只需要閉弄我的雙眼，我的心充滿了你所永不曾想像的幻像；所有這個世界底歌曲，所有的舞蹈與接吻；一切出奇的市鎭，古怪的樹叢與花朵，與一切造成世界的其他種種東西。我當喜歡慶祝各處地方所有的女人們，依她們的顏色，她們的身條與服裳，一切她們所有的異點與同點，來稱讚她們。我經驗過大半不同的氣候所產生的疾病，我常患病而痊愈；但就是當我不是一個被征服者時，雖然我可以憩息在世界上最可愛的地方底棕樹之下的時候，我唯一的期求與願望是想逃脫而再到較遠些地方，所以我飄蕩到新奇的地方來。」

「水手，」牧師說，「我並不問你曾做過什麼與你曾見過什麼，而祇是問你做過什麼，與在你流浪的生活裏什麼是好的什麼是壞的。」

「我的事情，」曼諾勒說，「是很多很多，依我所逗留過的各處地方，我自然隨時做過各色各樣的事情。有時我這樣富裕我不知我財產底數額，而有時我赤貧如洗，連一根驅逐毒蛇與邪惡的猴底手杖也沒有。在別個時候，的確，我常以我的手杖待我刁頑的奴隸底背脊，我伏在他們上面，當在市塲上或街道上所有的人們在我面前鞠躬時。但我生命之大半是我服務他人，背負貨物如一只駱駝。」

「那都是，」牧師耐不住地說，「無疑的很有趣，但現在上帝是在命你懺悔你的重大的罪惡，如謀害，暴動，搶刼，偷竊，還有不道德，放蕩，說謊與欺騙；還有賭博與發誓，傷害無防衛者；不信有上帝，缺少誠實等等。不僅懺悔你有罪的行爲，還當懺悔你何處在言語上與思想上反對過法律與道德。」

「無疑地我也犯過那你所叙述的事情，」曼諾勒說，「假若這是這樣的重要你當知道，我願告訴你我曾爲自衛也爲攻擊殺死過人，都依照爭鬥的規則，很敏捷地。若你問我的不道德，我能敘述給你我所碰到過的種種女人們。個個如一幅新的風景，或一個未曾發現過的島嶼你驚奇地好閒地站着底的。那些是細詳的了：在他們本身是值得告訴的而且夠奇怪了，但在這霎時他們由我看來是並不重要的了。我是在更驚疑，思量，雖然我正在橫過的地方這樣思想因爲他們是太大了使我戰慄，但我却歡樂地毫不躊躇地把我自己投到他們地方如臨一個無底的深淵。」

牧師歎息，說：「你還是懺悔你的罪過吧，在你去受審判之前讓上帝來寬赦你吧。」

但曼諾勒答道：「我不懺悔我所做過的事情。我的生命只是一個意思，此外好好壞壞我一概不知道。我以爲這是很有價值的我向這個世界底各方面駛到各處地方，在沿路我看見所有的海洋與大陸。我知道了這許多祝福的這許多不祝福的地方而且發現了永遠新鮮的奇異與深遠，那可不是最重要的麼？」

「懼怕最後的審判呵，」牧師大聲地憤憤然喊道。

『這怕是公平的去受審判，』曼諾勒說，『合於我的生命的不是什麼好的與壞的審判，而是我曾經歷過多麼廣大的地方。但是現在，唉！我是病篤了如一隻沈沒的船，不能再漫遊一些兒了。』

『那末往地獄去，不可藥救的水手，』牧師喊道，『我從不曾見過一個人在他最後的時候如此頑強的；你能這樣說定有一個可怕的詛咒。』

這樣說他匆匆地走了。

『去，牧師，』曼諾勒在他後面喊道，『我不了解你要我什麼。』

牧師走了，曼諾勒面着壁入睡了。他夢到他不知道爲什麼或往何處去，在一個市鎮底街道中走，直至他知道他自己是站在一個港口底水邊他喫驚了。水是黑的，輕輕地在濺潑一隻似乎被棄的黑船底兩旁，除了在中央的一隻，甲板上燈光都閃耀着，小船繞着它跳舞。兩個人緊緊地傍着他；他倆互相竊竊私語：但曼諾勒想記却記不起他們是誰了，也不能懂得他們的談話底一句，雖然他們是在說與他相同的話語。當他們正在談話時，一杵有力的鐘聲由大船上傳來；這是喧噪的持久的。於是二人悵悵地上了小船，他們躊躇而去。曼諾勒問：『你們到那裏去呢？』

他們中一個清楚地說，所以曼諾勒知道：『往地獄去。』

『我想同你們一道去呵！』曼諾勒喊道，被一種迫切的慾望所困住了，一躍而到小船底中央。

小船搖近大船，水與黑暗打成一片，曼諾勒自己投到空虛與幻影之中了。

坐在他的牀側的教友深知不一忽兒曼諾勒是死了：他爲他禱告。

於是他出去拿了水來洗他，又拿了一套屍衣。

——一九二八，十二，十二，譯。

法蘭西

腓立普

捕獅

食人人種的話

查理路易・腓立普 (Charles-Louis Philippe 1874-1909) 是一個木鞋匠的兒子，好容易受了一點教育，做到巴黎市政廳的一個小官，一直到死。他的文學生活，不過十三四年。

他愛讀尼采，託爾斯泰，陀思妥夫斯基的著作；自己的住房的牆上，寫着一句陀思妥夫斯基的句子道：

「得到許多苦惱者，是因爲有能堪許多苦惱的力量。」

但又自己加以說明云：

「這話其實是不確的，雖然知道不確，却是大可作爲安慰的話。」

即此一端，說明他的性行和思想就很分明。

捕獅和食人人種的話都從日本堀口大學的腓立普短篇集裏譯出的。

捕獅

魯迅譯

何苦要緊，我們的留襄・吉爾穆竟要住在邊鄙的蒙盧什的深處了呢？卽使是怎樣寬緩的他，自己每夜要在臘丁路的加啡店裏坐夜到一點鐘之類的事，不也可以想想到麼？那自然，用馬車送到自己的家裏，本來也並非辦不到的事，但轉側一想，車錢的兩法郎，實在是爽口的麥酒四十杯的價值呀。

不止一回，在行人絕迹的街道上，在意料之外的時候，突然有人從背後來，追上了留襄走過去了。那是什麼人呢？留襄大喫一驚之後，纔知道從他的背後來，一言不發，走上去了的行人，並不是惡黨。唉唉，巴黎的一個好市民，總算又免於被謀害了。

但是，雖然如此，對於侵襲我們的犯罪的大軍，誰是能夠戰鬥到最後的呵，凶日終於來到了。這正是『培爾福的獅子』的祭典的時候。實在，品行方正，是什麼用也沒有的。這一夜，留襄是破例的夜半十一點便上歸塗。平常總要到一點，但這天獨獨趕早回去了。他剛剛彎進阿爾來安的廢路，在可以走到他家裏去的無數小路的最初的一條上，走不到幾步，便發生了這可怕的遭逢。

一匹很大的黃色的狗，跑近留襄來，嗅過他的氣味，於是『向左轉開步走』，用全速力飛跑，將形影沒在黑夜裏了。最近，強盜們已經利用了狗的風傳，留襄是聽到過的。這實在是巧妙的辦法。他們只要在什麼地方悠悠然吸烟，其時狗子便替主人巡視着四近。狗是本能底地，知道辨別乞丐的。所以要教導狗子，使牠從許多過客裏面，辨別出似乎帶着錢的人來，也並不是很費時光的事。那狗嗅了獲物的氣味之後，便又跑回強盜那裏，領了他們來。留襄彷彿覺得曾在什麼地方聽到過這樣的話。

他這時囘到阿爾來安大路來，那就好。因爲那里也有巡警，也有過往的行人。

於是繞一下，從別的路囘家去，那就好了。然而在我們人類裏，是有愚蠢的自尊心的。比起怕危險來，還是怕失體統的心這一面強。我們是一直到死，不失赤子之心的。是患着死症的人們，以爲從來在誰那里都沒有出現過的奇蹟，却要出現於自己身上的世間。

留襄向左一轉，那地方站着三個男人。果然，強盜們是三個一黨的。他們穿膠皮底鞋，戴便帽，身穿藍色的工作服。三個人，個個都如『哀史』的插畫上的惡人一樣，揑着大棍子。這時狗已不在他們旁邊了。大約因爲狗要𠮟，反而妨害做事，所以攻擊之際，便特地不用似的。這時候，狗該是在尋覓那收拾了留襄之後，可以襲取的新方面的獲物罷。

留襄呢，這時候，就如我們大約誰都這樣的一般行動。他裝作沒有看見三個惡漢模樣，想走過去了，然而惡漢們却不待他走，便自走近來。阿阿，都完了！留襄的耳朵，聽到說，

——請等一等。

他毫無等一等的意思。然而強盜會追上他，留襄也知道的。他將忽然爲三個大漢所包圍罷。他想像着非常可怕的事，待到聽了下一句，這纔有些放心了。

——你沒有遇見獅子麼？

留襄沒有法，只得停下來。獅子？那個獅子？講起獅子來了呀。他大模大樣地回答道，

——你們在說什麼呀？

留襄的這話裏，實在是有效力的。三個男人們只得說明白。阿阿，留襄聽到的是什麼呢？三個人並不是留襄所想像的那樣的惡人。一個是來赴『培爾福獅子像』祝典的猛獸羣的主人，一個是馴獸者，一個是猛獸的侍人。他們養着一頭獅子。因爲看管人的大意，沒有關攏門，獅子便逃跑了。三個人似乎也都喫着驚。

留襄也沒有法，便講了那黃色的大狗的事。他說，那動物嗅了他的氣味之後，

就跑掉了。三個男人異口同音的呌道，

——一定是「那傢伙」。「那傢伙」怕着了。

三個人熱心傾聽了留襄所說，那動物逃去的方向之後，似乎就要追上去。但留襄現在却碰了險道了。到他家裏，路還很不少。他的路上，委實是危險之極的。就在先前，他已經拾了一條命，實在是天惠。獅子沒有咬了他，這是無比的運氣。他如果又遇見獅子，怎麼辦纔好呢？他問道，

——你們的獅子不咬人麼？

走在一夥的兩人之前的一個，只聽得留襄的這話的聲音，却不懂得意思，於是問道，

——說什麼？

——是在問呀：獅子可會咬人？一個回答說。

三個人都失聲大笑了，並且用了開玩笑似的調子道，

——如果害怕，那就只好和我們一同走了。因爲獅子和我們熟，只要我們在，是決不會鬧什麼亂子的。

似乎還是依了這忠告，要算最簡單。於是開手捕獅了。四個人在一起，向着獅子的去向前行。他們運氣好。就在左近一條路的深處，遠看也知道，發見了載在四條腿上的黑塊，向他們這面走來了。

一個男人說，

——看見我們，「那伙傢」一定要逃的，還是躲在這門影子裏罷。

別一個却想出了更好的計策，

——誰一個和我一同來罷。從小路繞過去，到這大路的那頭，去攻「那傢伙」的背後去。只留兩個在這里，守着獅子的前面。

立刻決定了施行這計策。獵人分成兩班。於是獅子便被夾攻了。實在是惴惴的數分鐘。兩旁的門都關着，是不愁獅子橫衝的。獅子無論前進，無論後退，都遇到

了獵人。牠或是挨着牆，或是鑽着人縫，還想逃出去。但每一回，一個男人便發出打嚏一般的聲音，叫道，

——嘍咻！

獅子害怕，就退走，牠無處存身了。無論向那里，這『嘍咻』的聲音便侵襲牠。兩班獵人漸漸地逼緊。猛獸完全受了包圍。馴獸者將鬉毛抓住了。留裏也大放心，要趁這圍獵未完之前，便也叫了一聲『嘍咻！』來試試。但馴獸者生氣了，

——獅子不要駭得鬧起來的麼！

最煩難的，是將獅子帶到安籠的地方去。獅子十分不聽話。幸而獅子的侍者想出一條妙計來。當覺得獅子逃走了的時候，侍者是正在喫麵包和小牛肉的。他將這些塞在衣袋裏，便跑來了。他說道，

——且慢，我給牠看着食物，在前面走。那麼，就會跟來的罷。

馴獸者爲注意起見，還說，

——給看牛肉是不行的呵！這獅子是極厭惡肉類的！

侍者策略居然奏了功。人們的擾弄獅子，就如擾弄發脾氣的驢子一樣。一個人拿着麵包，走在前頭，獅子便大踏步跟着走。獅子是想喫，便走了。獅子還走得太快。要牠走得慢一點，還要從背後拉住了鬣毛。

獅子的囘家，很簡單地完結了。巡警是一囘也沒有遇見。倘遇見，巡警也大喫一驚了罷！大家含着笑，到了動物安置場的入口。四人都走進去。亞非利加產的山狗和白熊都睡着。獅子籠的門是開着。侍者將麵包摔進籠裏去。獅子便以驚人的威勢，撲向麵包去了，攫在偉大的爪間，在將喫之前，發出可怕的聲音來怒吼。

最費事的是守犬。牠不認識留襄，便猛烈地叫了起來不肯歇。幸而狗是鎖住的。男人們中的一個說道，

——逃出的不是「這傢伙」是運氣的。如果逃出的是「這傢伙」，那是一定咬了人了的。

食人人種的話

魯迅譯

這話，是食人人種的話。關於喫人的人，一向就寫得很不少了，但我相信，這些記錄和故事，都未必怎樣確實。果然，最近我所實現了的中部亞非利加內地的旅行，竟教給我了別人所說的閑話之類，是決不可信的。無論怎樣的敗德的人的心底裏，也總剩着一點神聖之處。為要竭力表明這事實，所以我在這故事裏，就專着重於人類的本性，勉力隱去了和事實相連的地方色彩，用我自己所得的材料，將食人黑種的生活的一面，照樣敍出來。

稱為『謨泰拉司』的一個黑人部落，所以成為好戰的部落的理由，並不因為這部落的喜歡戰爭；這不過是不喜歡勞動的結果。要去戰鬥，原也須費去許多勞力和勇氣的，然而當戰爭時，發大叫喊，跳過溝渠，砰砰的放鎗，凡這些事，雖在本不喜歡戰鬥的人們，也覺得好像在玩一種什麼戶外運動。以運動而論，自然也未免有多少過激之處，但倘若看作一種手段，藉此來達體育保健等類體面的目的的，那就當然成爲應該的事了。

在謨泰拉司部落中，一定也有奸細的，因爲最近他們向隣接的部落去遠征之際，他們不過發見了住民逃走之後的空部落。那是一定有誰去通知了他們的來襲，所以敵人便逃跑了。黑人是決不加害於自己們的一夥的。這個謨泰拉司的勇士們，也沒有在敵人的村子上放火。而他們向故鄉凱旋的時候，只將一個女人和她的孩子作爲俘虜，合計帶了兩個人。這在他們，也並非有什麼另外的惡意，不過要表示他們所化費的時光之正當的理由罷了。

謨泰拉司的勇士們當凱旋之際，從本部落的女人和老人們受了非常的薄待。無論那里的老人，是都像法國的千八百四十八年的共和黨的。他們看着我們造成的共和國，顯着幾乎要說『現在的人們是做不出一件滿足的事了呀』的臉相。至於女人

呢，她們是，無論在什麼時代，總向男人這樣說，

——你還是在家裏看看孩子的好，因爲你的事情，我能更好的給你辦的。

他們還被嘲罵爲敗北者，因爲他們尋不出可戰的對手，所以也沒有背了戰勝來。勇士們對於這辱駡，恰如對於不名譽似的，辯解了一場。他們這時候記起了一件事。就是在白人渡來以前，他們曾經喫過敵人的肉。他們以爲提起這傳統來，一定能博父老的歡心的；況且講到喫，也該可以給貪嘴的婦女們的感情高興。他們自己，原也並非樂於做食人人種的，然而事出於不得不然。

他們的囘答，是這樣說，

——我們雖然只捉了兩個俘虜來，但這是爲了將兩個都喫掉的。

看起來，俘虜來的女人是出色的女人。她二十歲。她是胖胖的。她的肉色，是帶紫的黑色，腰的周圍尤其肥。她爲大家所中意了。人們說，

——是的，她該是很好喫的。

然而，那孩子呢（她不過上了七歲），就是骨頭粗，手脚却又小又細。因爲先前的食料太不好了罷。恰如專喫不消化東西的人們的肚子一樣，她的肚子鼓起着。僅有的一點肉，也很寬鬆，不堅緊。

多數的人們嚷起來，

——這樣的孩子，那里有可喫的地方呢！

謨泰拉司的勇士們，決不是殘忍的人們，他們還在專心避開紛爭的，所以用了調停的口氣回答，

——沒有法子，留着罷。好好的養起來，會肥也難說。

他們對於決計喫掉的孩子的母親，他們也決不蠻來的。不用屠牛者，却使一個巫女來殺。這巫女，同時也是一位神官。他們決不將這俘虜的女子，來做野蠻的本能的犧牲，是用她來報復愛秩序和正義而強有力的諸神的。所以喫這受難者的肉的祝祭，特地不在平常日子舉行，却選定了宗教上的祭日。

黑人是信仰很深的人。沒有一個遲到的。祝日的早晨，便聚集在村的廣場上的麵包樹蔭下，老幼男女，和酋長的家眷一起，等候時間的到來。

規定的時間一到，執事人便分送了各人的份兒。

大家喫了。

然而這祝典，却沒有大家所高興地豫料着那樣的快活。

雖是會衆中最殘酷的人們，一聽到那做了犧牲的女子的遺體的女孩的哭喊聲，也不禁有一些不舒服，好好的祭日，給一個不做美的女小孩弄糟了。憤怒的私語，從各處發出，

——那賤種，也得放了血纔好！

然而許多女人們，和嘗過了人生的苦辛的經驗的幾個男人們，却回答道，

——不要說那樣的話，那娃兒，就給這樣靜靜地放着罷。

大家都被這女孩子分了心。慣於撫慰小兒的母親們，從自己的碟子裏挾出煮透

了的美味似的肉片來，送給那孩子，一面說，

——瞧這個哪，很好喫的，來，好孩子，喫罷。

可憐的孩子却誰的話都不聽。她將小小的自己的指頭插在眼睛裏，只是哭，彷彿她要取出更多的眼淚，撒在四方上下似的。當啜泣中，她間或叫喊。她說，

——要母親呀！給我母親！

——對你說過，你的母親是死掉了的，好不懂事的孩子呀。女人們回答說。

因爲太不聽話了，誰都生氣，想訶斥她一通。無論怎麽說，她總不喫。大家惱怒起來了。將一聲不響的別的小孩給她看，

——看那個男孩罷，他不哭，在和大家一同喫哩。你也莫哭了，來喫呀，呵，喫起來有那麽好味兒呢。

但這說諭也無益，那愚蠢的女孩只說着，

——要母親呀！還我母親來呀！哭得不肯歇，

一個男人來搖着女孩的肩膀，指教道，

——喂，不要和肚子鬧脾氣，喫罷，喫罷。

就是這樣，從宴會的開頭到煞尾， 她總是哭。因爲她發了非常的大聲， 到後來，竟至於大家的耳朵也痛起來了。但是雖然如此，看她哭着專慕母親到這樣，便是平日不很喜歡孤寂人物的人們，也不禁漸漸發生感動。母親們告訴自己的孩子，說那是很好的女孩。誠然，在這女孩的悲痛裏，是有着很美的一面的。

——看那女孩罷，不哭着麼。那是因爲她的母親，遭了不幸的事呵。

向着不孝順的孩子，便是

——卽使我死掉了，你也不見得那麼哭罷。

有些人流着淚哭了，那從小便是孤兒的男女，和經了不幸的少年時代的人們。

他們說，

——我很懂得那孩子的悲痛。眞的，在那孩子，這世上已經沒有一個肉親了，當那麽幼小時候，當然，那是悽慘的。

其中竟還有了向部落的勇士們說出不平來的人們。

——你們爲什麽不就將這可憐的兩個人，留在她們的故鄉的呢！

多話的女人們卽刻說，

——瘋話呵！卽使我們遭了殺掉的那個女人似的殃，你們是也以爲不要緊的哩。

勇士們知道對於他們的詰責是重要的，竭力辯解道，

——這不是我們的罪過呀。今天的祝祭，是因爲我們從遠征囘來時，大家都是很不高興的樣子，實在也不能不開這樣的罪過的筵宴了。原來是想討大家的歡喜的，但到現在，便是我們，也像你們一樣的在後悔。

的確，這筵宴，是凄涼的筵宴。一個孩子的眼淚，就夠在國民全體的心裏，喚起道德之念來。酋長站起身，說，

——不要爲這女孩哭泣了罷，因爲我感於她的誠心。要收她爲義女了。可憐，死了的母親，是已經遲了，一點法子也沒有！只有因爲她的死，弄出來的這悲哀的事，但願作爲我們的規誡。我們永遠不要忘却，人肉的筵宴是悲哀的，而不給一點高興的事罷。

會衆都垂了頭，而在心底裏，是各在責備自己，竟犯了那麽可恥的口腹的罪過。

法蘭西 巴比塞

兄弟

巴比塞(Henri Barbusse 1874—)在大戰前還是個無名的作家。一九一六年他的在火線下(Le Feu)出版，才得了盛名。這是控訴戰爭最有力的作品，是以深切的寫實主義的手腕來描寫戰爭的可怕的。他還曾實際加入軍隊，因爲那時他相信這次戰爭是以戰滅戰的戰爭，但在他的在火線下及後出的光明(Clarte)裏我們可以看出作者苦悶的失望了。光明是宣傳非戰的原理，也是一部不多見的描寫戰爭的小說。現在巴比塞被稱爲法國的左翼文藝作家。

兄弟

眞吾譯

格新山谷把廖沙村截成兩個。二十四個帶淡紅色的屋頂散佈在這個阿凡爾底瘠薄的角地裏，十二個聚合在山谷底生着綠草的一面，其餘十二個在不毛之士的一面。倘有人敢冒險從這邊到那邊，他定要失足從亂石中直滾到格新開展着的地方。

這兩區被深淵所分開的居民，有如民族中被可惡的國界所分開一樣，大家不相和好，這是很近人情的。

但橫跨過這可怕的深淵，格新稍爲寬坦一些的地方，有兩個人特別地互相側目——捷克干諾與根根。他們的房屋恰恰面對面。一個黃臉而且潤澤如樹脂，一個面上發光丰采煥然。這使孩子們覺得有趣。

據說他們從前很親密的——太親密了不能永久，他們之中一個生了妒嫉，就是捷克干諾。從他發生了憎恨。根根照樣地——或者你可以說愚蠢地——也就報之以憎恨。

所以這兩人之間有了不共戴天之仇。他們的決鬥是比財產的多寡。那是夠了。各人底成功分不出勝負。

起初運氣是相等的在一九二年之秋捷克干諾購得安戴白拉牧場；但在一九三年當此事尙未周知之時，根根也購得孟梭山坡。幾年後，捷克干諾獲得一隻母牛，一隻富於出乳的母牛，美麗的，雪白的，他還沒有得意多少時候而根根成爲一隻名叫雷米的驢子底所有者。

從那時起事情改變了。因爲根根改變了。往日夢幻與好逸的天性偷偷地侵襲了他。他才戀戀於這個雷米，牠有粗大的灰色的毛，很靈敏的耳朵，與一個篤實的面貌。

牠愈喜歡做他的𣪍戲的伴侶，他愈少從事奮鬥，節儉，警惕自己去工作，和要比捷克干諾多得一些金錢的心思。

捷克干諾却不然，從不放下他的武器，爲了要他的好戰的目的底滿足。他的苦行和他的貪心換得了收穫。當孟里貝沙底角地拍賣的時候，——這是肥沃的土地，曾經澆過五十年糞——捷克干諾得到了它。

不顧這種可以使一個死人驚醒的重大的打擊，一個耽溺的惰性底邪魔着了根根底身。他如一個醉漢對着行人微笑，或如一個瘋人對着雷米驢子。他獨自一個人說話，甚至他對雷米說話，想使牠搖擺牠嚴重的頭。

時時他沒有工作的意思跑出去；一到外面，他總是對着沒有什麼單是看看而已的田地凝視着！他無目的地徘徊於鄉野，那看去像人地無梢的柳樹，個個都在談天；那一大陣鴿子，牠們從屋頂飛起，移動和聲響如一把扇子；以及一切這種林木，樹葉，與小動物等想像物都使他歡喜。

這樣，一定要遭逢的負債就隨着來了，這愈來愈大而且愈難應付了，期票的日子到了，他不能照付，終於到了——最後一筆，他不能繳清。依從一個律師的忠告，如一個牧師的勸說，他不得不走那售賣的一條路。現在，那根根所據有的一塊地拍賣給捷克干諾了。

這是怎樣的一個勝利呵！跨過格新，他從他仇人手中得了主權！這確實很好看的，當你們經過時候，這塊地很高的籬笆圍繞着，在根根養尊處優之間。後者底小小的住宅看去似乎殘缺不全了。

那件事情之後，根根在街上低頭而行了，當春天來安慰他時，有天早晨人們聽到他歌唱如一隻難望悛改的鳥兒。

那時他遇見麗婀登——麗婀登充滿着朝氣多麼使人喜悅！她的頭髮美麗得如傍着守夜的火焰；她的明眸水盈盈的。根根一見這個過客呆倒了，當她走來過去的時候，他常常凝視着。那時世界變成了一個美麗的天堂特地爲她建築着。一個黃昏，她靜靜地站了一忽兒在他相近的地方，看着像一個聖徒。幾個黃昏之後，他敢竊竊地祈禱在她面前。後來在她嫩潤的面上現出微微的紅暈，奇蹟顯現了，她竟聽他訴說了。

但六月尚未過去的時候，她不見了。他發狂地等待着她，直到那一天他看見她的臉兒閃耀着嬌笑着在河之彼岸，在捷克干諾底房子的門限上。

捷克干諾從他處奪得了他的姻緣！這不幸的人兒心想再與他競爭。但她避開了他，她的父親又從中作梗常常以無理的與輕視的言辭對着他。

當他覺得很難復得歡樂的滋味，甚或要一點平和，捷克干諾底運氣增加了，而他底還是在減少。他的臉上起皺了，一副悲容使小姑娘們望之却走。人們背着他走了。還報他的垂願祇有雷米，對他的戀戀之情却一天天有加無已。他喜歡把他的臂膀抱着驢子的頸項。驢子走近一步，他這樣更好撫摩牠的頭兒在他的胸懷裏，這是他在人間僅有的酬報。

綿綿的凄其的秋雨足以使他沮喪。一切他所有的都售罄了，眞是禍不單行，他挨冷了，傍着冷的火爐，就在這一天，事情決定了。

他顫抖抖地到牀上去。經過一個嚴重的夢魔之後，他張開兩眼。已是天大明了，但沒有一個人走近他的身邊，他想呼喊，但因爲沒有一個人來臨，他緘默着。無助的，窒息着的，他還能呼喊嗎？

被棄的人兒眨着他含有苦痛的眼珠。看喲，窗兒隨便地閉着，開了，一個黑漆漆的影子出現了！

雷米過來了，衹爲牠主人底容貌所吸引；雷米出了他的料想之外，無知的，誠實的，好像情愛的幽靈。

這人想說，『你不會遺棄我吧！』但他只囁嚅着幾個不成字的聲音，如夢中人底喉嚨，他想伸展他的臂膀給雷米；他從他的心底覺得這是他的兄弟。

不慣表情的雷米搖搖牠忠實的面龐而後退了。

根根就在那天晚上或次日早晨死掉了。

捷克干諾買了他的房子——一個最後的成神，倒似給這被征服者的趕早的逝去所掠奪了。

得了雷米這是個頗不錯的買賣。牠似乎決定要長住在那裏，牠的足直僵僵地站着。但他們極力拉着牠，鞭韃牠，使牠不得不疾馳到牠們要牠去的地方。依着格新下去的路，經過格爾市長橋，折而順着右岸的一條路，牠就到了捷克干諾底家裏，當日他們配上馬具驅牠到克拉孟朗市場去。

麗姵登因得了一輛車底榮耀而狂笑；捷克干諾感到驕傲和歡樂在他的面上浮動。

夫妻兩人拚命地擠在蔬菜與筐籃當中。受鞭韃後，雷米開步走了。

但是看喲！不依着路，牠迅疾地折至左向飛也似的竄過田野，趨向根根底家——你們可以看出這面對着你們，但這是在山谷的那一面。

雷米回來了，很平直的，很平坦的，帶着不能克服的希望。在疾馳着的與顛簸着的小車裏，捷克干諾痛罵着狂呼着，麗婀登發出刺耳的哭聲。但雷米不管他們的呼叫，也不管伸着臂膀奔跑過來的農人們，也不管激烈地動搖着的馬韁。以一個完全率直的心相愛着，他是渴想回到『他們的』老家去。沒有比這個賤小的心再完善的了。

捷克干諾挺身跳了出來，但麗婀登嚇極了，緊緊地拉着他。

車到了懸崖底邊上。事情發生了。跌了下去的驢子，掉轉牠的頭向着牠的新主人，他們還有時間看見在牠巨大的雙目裏一個靈魂底光耀的天使。

匈牙利

摩爾那

奇劍

摩爾那 Ferenc Molnar 於一八七八年生於匈牙利之勃達拍斯城，是個有錢的猶太商人的兒子。他畢業於日內瓦及勃達拍斯大學。十八歲他以新聞記者開始文學生活。雖然摩爾那是以戲劇家出名的，他也寫了幾篇長篇小說和短篇小說。他的作品是憤世妒俗的，深知世故的哲學，却常和以某種感情。奇劍是有意義的一篇寓言，以秀美，幽默，與某種奇異的感情來敍述的。他最近到美國，在各處演說，并在各雜誌上投稿，因此美人知道他的更多。

他的最著名的戲劇有：Az Ordog（惡魔）；Liliom; Die Rote, Nuhle（紅的磨），Der GlasernePantoffel（玻璃鞋）等。滑稽的獨幕劇也不少。

奇劍

真吾譯

從許多古舊的封建城堡底烟囪的一支烟囪裏弛緩地盤繞出一條烟帶，升至雲霧瀰漫的秋朝裏適當太陽開始吐射光芒的時候。無論那個精明的農奴，一注目由山谷下面起來的烟兒，就知道廚司尙未爲紅伯爵，或如谷中的人們所叫他的紅流氓，預備早餐。在紅伯爵底城堡中廚司是正人君子，永不在早晨七點之前起床。無論那個精明的農奴都知道纖小的藍色烟帶的意義。這是馬斯鐵羅・康藍，他起來這樣早。他是伯爵所僱用的鍊金家。他於一年半以前由吳爾泊來就一直從事他的鍊金術沒有一點兒成功。

的確，馬斯鐵羅・康藍早已睡醒而且起來了。他披着一件長黑外套正站在他的火傍。在火上滾沸神祕的與有異味的調製品。他的鬍鬚長到他的膝上，無論何時他想拉鬚（是常常如此的）他幾乎要彎到地上，就在這個時候他也很少能夠拉着鬍鬚之端。

許多希奇古怪的器具圍着他。壁上懸着神秘的圖表指示星辰之運行，把天劃分爲幾個天體，人們由這個可以知道運命底怪想。到處是磚灶與熔爐，堅固的瓶常着地獄之火是不中用的，厚厚的鉛板，閃鑠的石英，龐大的風箱氣喘喘如一隻剛打死的龍底肺，在一角一隻華麗的雕几上，在一隻小小的天鵝絨枕上的玻璃蓋下，是一點細如半粒米大的金子。

馬斯鐵羅凝視這一點金子搔搔他的頭。紅伯爵前一夜大大地發過脾氣。他已討厭他在他背後有了這過去的一年半。馬斯鐵羅安適地飲食過去，且化了很多的實驗費，而他不能再做比這一點金子多一些。去年有一次，伯爵下了決心要驅逐馬斯鐵羅，好幸運馬斯鐵羅造金有了結果。實在是這樣的，他能夠這樣做祇因爲把金子——他買來的——嵌在鉛裏他佯以爲是變出來的。但紅伯爵，雖然他是個奸滑的流眠，却不曾察覺這個。以最怪悖的與最動人的儀式，在恰敲十二點的時候，馬斯鐵羅在伯爵親見之下把鉛條放入火中，當他們從鉛下移過瓶子時，在底裏發現了金子。

馬斯鐵羅底苦惱就此開始了。伯爵要求多些的金子。

『到現在爲止，』他說，『我相信康藍是世上一隻最笨的笨牛。但現在我纔察知他不是一個蠢貨，祇是一個惡漢，他知道怎樣造金但不願做。若明天早晨在爐裏沒有相當的金塊，我將惹起後代子孫的誹謗，自然要加我以無賴之名因爲做了這個。我要拔盡你的鬍鬚，馬斯鐵羅，並且拖你到我城樓之最高頂一脚踢下去。看是誰的話（Quod dixi,dixi)』。

說罷他掉頭吃他的晚餐去了，注視他的名册。看在他的那一個村莊裏那時有最可注意的女人 (Jus prima noctis) ，敷了些香油在他疏疏的紅色的八字式的鬍髭上，他騎了馬往城外去。

我重說一遍，這個是在晚上所遭遇的。第二日清早馬斯鐵羅依然搔着他的頭。

『呀，』馬斯鐵羅歎息道，厭惡地從他有異味的調製品轉向，『我不能挽救我自己。關於造金是無問題的，因爲我連一枚爛銅圓也沒有。所有我能夠從紅伯爵那裏得來的錢，我都寄給我的私生子了。想想我用詭計奮鬥了八十八年，而現在我不能把自己從這個苦境中解脫！那個「紅無賴」說什麼會做什麼的。祇五年以前，爲了同樣的一個冒犯，我可敬的朋友與同事，拍夫納薩．勒鐵諾威尼兩耳被釘在城門上，弄得看去如一隻迷途的蝙蝠。呀，怎樣我能解救我自己呢？』

馬斯鐵羅這樣哭泣，一再彎到地板上拉他的長鬚。

突然，在他的苦痛裏，他聽到走廊上的足音。一霎時門兒開了，在住有魔鬼似的廚房的中央站着可怕的眉兒打皺的紅伯爵。伯爵是修長的，瘦弱的，生雀斑的，有剪短了的紅髮，與邪惡的露骨的面孔。他的兩手如牛排一樣大。他的膝踝貼在他緊緊的適合的褲子上如兩個炎腫。他舉起他傲慢的多毛的紅手，而極小的一副猪眼澈査似地露齒而笑：

『好！馬斯鐵羅。』

馬斯鐵羅立地成爲柔軟無力要在空中坐下去。他空嚥了一大口，面如碧玉失神地低語道，『好，那個「好」是什麼意思呢？』

『這意思就是這意思，』伯爵冷淡地說。

這是個可怕的瞬息。情形底嚴肅是由伯爵失去他往常的習慣在這樣一個早的時候起來可以看出來的。這是明明白白的，他的恫嚇是實在的。死的寂靜籠罩住全室。祇有藥草底有異味的調製品不相關地在室之寂靜中滾沸。

『伯爵，』後來馬斯鐵羅說，『那兒是沒有金子的。』

『那末給我你的鬍鬚，』伯爵大聲地說而且跳到馬斯鐵羅面前，他急忙把他的鬍鬚拉向他的左臂，所以它們就垂在他的背後。

『請中止，閣下！』他失望地呼喊。

伯爵驚奇了。

『還有什麼呢？』

『金子是沒有，』馬斯鐵羅悲泣了，『但有較好的東西』

『什麼呢？』

在這霎時馬斯鐵羅，又嘘了可怕的一口，但這一口不復是空嘘了。他的口給在他剛剛所想到的巧妙的謊言底思想中潤濕了，他覺得他得了救了。

『什麼呢？』伯爵嚴厲地重說道。

『有比黃金還要好的東西。』

『點金石？』

『不。』

『那末是什麼呢？』

『永久的愛底幸福！』馬斯鐵羅說，又嘘了一口。

伯爵撫摩他的鼻子。這是個懷疑的表記。

『我定當相信這個麼？』他問。『我定當相信這個謊話，如我已忍受了一年半你不過想藉此多住幾天的詭計麼，你無恥地汚辱了科學底天國的人？』

猶豫是半信，馬斯鐵羅想着而且繼續展開他的謊言極甯靜地。

『在我實驗底進程上我已發現了制服女性的方法。』

伯爵大張他的眼睛。他是以女性美底崇拜者聞名的，但與富貴的婦人們永沒有一點成功。他的面上歡樂地閃着光輝。

『我已把銀子磨成粉屑了』馬斯鐵羅繼續的說，『而且在車葉草底液汁中煑沸，復在枸杞子根底液汁中煑沸。這些都是成分。但化學的支配需要魔術却是我自己的祕密。看……』

他掀起其中一隻壺蓋。眞的有微小的銀球在有異味的東西底液汁中滾沸。他於前一夜煑好了一客菜碰他最後的運氣。

『而——？』

『而這個銀粒我將製成一方薄薄的銀片；那銀片你小心地貼在你的劍柄上，當你向婦人們乞愛時放你的左手在劍柄上。保你沒有一個貴婦人，男爵夫人，伯爵夫人，公爵夫人，或甚至王后，能夠抵抗這個魔術底妖力。以這把劍你將可以得到世界上無論那一個婦人。』

『哼，』伯爵說，『我會完全信任麼？』

『不會有一點兒失敗的，閣下。』

就在那一夜銀柄預備好。

『我得苟延時日了，』馬斯鐵羅對自己說，爲免除他自己俯下去的煩惱，他拉起他的鬍鬚到他的臂膀上沉思地拉着。

謠言立地傳遍這區裏。在鄰近的城堡裏與礮壘裏，穿着錦繡衣裳的貴婦們都私語起來且各以眉目傳情，到處地方談話集中在紅伯爵底銀柄劍上。不到三日馬斯鐵羅・康藍，已從各各不同的貴族接到十八起的聘請書，允許他終生的位置，加之以膳宿費用，不論多少黃金，祇要他肯傳授給他們銀柄底化學成分底祕密。但紅伯爵允許比無論那個還要多，且不許馬斯鐵羅離開他的城堡。

第四天他帶了他的奇劍出去獵豔。他第一次的行徑是到鄰近的一個城堡，這城堡的主人是正在異鄉旅行。祇留城堡底美麗的女主人在家裏，有三十三個侍女陪伴她。這是紅伯爵底未成功的獵地，已很久很久了，但現在婦人們是在很起勁地與盼望地等候着。三十三個侍女個個想接待伯爵，而且她們都固執着她們是不怕奇劍的。但城堡底女主人吽她們告退而她，母儀足式的人兒，獨自接待了伯爵。

她躺在一大沙發椅上當「紅骨」（那是她們之間所稱呼紅伯爵的）入室的時候。她起來與他相見，請他坐。紅伯爵坐在一隻足几上。以騎士底習尙握他的劍在他的兩膝之間。太太，在此刻以前連瞟也不敢向劍兒瞟一眼，含羞地看着。她一見就縮回了。飾着鑽石與寶石的劍的柄端有薄薄的一層銀片。它古怪的暗淡的顏色如靈光似的在室之朦朧中閃閃發光。

他們看不見三十三個侍女從厚呢幕帷之後窺視。但這班女人都同意伯爵似乎是不可抗拒地有力量，雖然她們以前都以爲他是令人發噱的。

『今日天氣很佳，』紅骨說。

『是，很佳，』，太太說，當她看見伯爵不曾把他的手放在劍柄上，她大大地心安了。

『也不冷也不熱，』伯爵說。

『確實很不錯，』太太說。

『在日間很温熱，在晚上却是涼爽的，』伯爵說下去，『但今晚的夕陽是最可嘆賞的了，若一個人與一個美麗的女人在一起度此良辰則更可嘆賞的了。』

這樣說着，他放他的大紅手在銀柄上。太太以驚異的目光凝視它，她有些顫抖了。重幕移動起來女人們底眽管裏頗有些波動了。

『他把他的手放上了，』站在前面的幾個人說。

『把他的手放上了……他眞的這樣做了！』大家竊竊低語。

城堡底太太不能把注視在柄上的她的雙目移轉。紅伯爵祇是愚蠢地講開去，但太太是不留意說什麼。

『唉，』她對她自己說。『全個事情是件可笑的迷信；我爲什麼祇是看着它呢？』

但她向別處一看，有件東西立地強制她去回看。伯爵把足几移近她一點，以他的全力緊握着劍柄。太太害怕了。

『你爲什麼畏懼我呢？』伯爵微笑地問『我不願傷你。反而……』

『怕要好一些，』在幕帷後的女人們中一個說，『若我們讓他們兩人在一起。』

縩縩綷綷的足音可以聽到，女人們，把她們的手指捫在嘴唇上，偷偷地從幕帷後離去。

『我愛上你已長久了，』紅流氓以柔和的腔調說。

似乎有些東西將她的咽喉塞住了，但她告訴她自己這祇是個幻想。

『我崇拜你。』

太太不能把她的眼由他手上移過。她懇求：

『若你愛我，請放下你的寶劍。』

『決不，』紅流氓滿足熱情地大聲的說，又把他的足几移近些。

太太如晚風中的葉兒在發抖。

『你是美麗的呵！』紅骨狂喊道。『你是如晨星一般的美麗，我坦白地告訴你罷我是在想你做我的愛。』

他把劍更握得緊緊。

『他是不會把它拋去的，』驚駭的太太想　。『他是不會把它拋去的。我是完了。』

她想站起來，但就在那一忽兒她覺到在她的唇上有疏疏的如刺的髫髭。她想呼喊，但伯爵早已把她的兩肩受制於他的一雙長而有力的臂膀之下了。她美麗的頭如一朵花的垂下，她覺得紅骨是在以他巨大的手掌捧着憔悴的頭。接連的在她的唇上接吻如大雨點一般。

『你是我的。』伯爵在接吻中說，依然緊緊地以他的左手握他的劍。

『我是你的，』太太氣喘喘地。

『是什麼公式？』黑藍男爵十年以後問垂死的馬斯鐵羅，因爲他從紅伯爵處以萬金買了這位科學家。他是個大大地女性底愛慕者見過已往的十年紅伯爵確實以銀柄底魔力獲得過許多美女。『是什麼公式呢？』

『以地獄之火，沒有公式的！』馬斯鐵羅在牀上呻吟。『一把銀柄，一粒銅鈕，一隻錫刺馬輪，一枚鐵馬鞋釘，這是沒有什麼分別的。人之態度當深信他自己——那個就是公式。一人深信自己則無事不可爲。但你當相信銀柄，因爲若你不相信，則女人們也不相信它了。所以現在：不論你相信一把銀柄，一粒銅鈕，一隻錫刺馬輪，一枚鐵馬鞋釘，你的禮貌，你的美麗，你的自信或你的豁達，這都是同樣的東西。但現在我告訴了你這個，啊黑藍男爵，你以你的銀柄到女人地方去時是不中用的了，因爲你不會再相信一點兒了。而女人們也覺得你不復相信你自己的力量了。你到處要失敗的了，啊黑藍男……』

他不能完結語句，因爲黑藍男爵在他頭上重打一下。他本保不定在十數分鐘之內會死去的，但男爵以爲這個模樣促成他要好一點。

馬斯鐵羅·康藍，白髮蒼蒼的老騙子，就這樣死了，他嘴上帶着眞理。

羅斯迦爾洵

一篇很短的傳奇

迦爾洵 (Vsevolod Michalovitch Garshin) 生於一八五五年，是在俄皇亞歷山大三世政府的壓迫之下，首先絕叫，以一身來擔人間苦的小說家。他的引人注目的短篇，以從軍俄土戰爭時的印象爲基礎的四日，後來連接發表了孱頭，邂逅，藝術家，兵士伊凡諾夫回憶錄等作品，皆有名。

然而他藝術底天稟愈發達，也愈入於病態了，憫人厭世，終於發狂，遂入癲狂院；但心理底發作尙不止，竟由四重樓上躍下，遂其自殺，時爲一八八八年，年三十三。他的傑作紅花，敍一半狂人物，以紅花爲世界上一切惡的象徵，在醫院中拚命擷取而死，論者或以爲便在描寫陷於發狂狀態中的他自己。

四日，邂逅，紅花，中國都有譯本了。一篇很短的傳奇雖然並無顯名，但頗可見作者的博愛和人道彩底色，和南歐的但農契阿 (D'Annunzio) 所作死之勝利，以殺死可疑的愛人爲永久的佔有，思想是截然兩路的。

一篇很短的傳奇

魯迅譯

霜，冷……正月近來了，而且使各個窘迫的人，——門丁，警察——約而言之，凡是不能將他們的鼻子放在一個温暖地位裏保得平安的人們，全都覺着了。而對我也吹來了他的冰冷的噓氣。我原也有着我那舒服而且暖和的小房子的。然而幻想挑唆我，趕我出去……

其實，我爲什麼要在這荒凉的埠頭上徘徊呢？四脚的街燈照耀得很光明，雖裏寒風擠進燈中，將火燄逼得只跳舞。這明晃晃的搖動的光亮，使壯麗的宮殿暗塊，尤其是那窗戶，都沈沒在更深的陰鬱的中間。大鏡面上反射着雪花和黑暗。風馳過了涅跋（Neva）河的冰凍的荒野，怒吼而且呻吟。

丁——當！丁——當！這在旋風中發響了，是堡壘教堂的鐘聲，而我的木脚，也應了這嚴肅的鐘的每一擊，在一面冰凍的白石步道上打敲，還有我的病的心，也合了拍，用了激昂的調子，叩着他狹小的住家的牆壁。

我應該將自己紹介給讀者了。我是一個裝着一隻木脚的年青人。你們大約要說，我是模仿迭更司(Dickens)仿那錫拉思威格(Silas Wegg, 小說"Our mutual friend"中的一個人物)，那裝着木脚的著作家的罷？不然，我並不模仿他；我委實是一個少年的殘兵。不多久之前，我纔成了這樣的……

丁——當！丁——當！

丁——當！丁——當！鐘是先玩了他那嚴肅悲哀的『主呵，你慈悲！』於是打一下……纔一點鐘！到天明還須七點鐘！這烏黑的夜滿着瀝瀝的雪，這纔消失了去，讓出灰色的白晝的地位來。我還是囘家去罷？我不知道：其實在我是全不在意的。我不能睡一刻覺。

在春天，我也一樣的愛在這埠頭上整夜來往的逍遙。唉唉，那是怎樣的夜呵！有什麼比得他們呢！這全不是用了他那異樣的，昏暗的天空和大顆的星，將眼光到處跟着我們的，南國的芬芳的夜。這里是一切都光明，都清爽。斑爛的天是寒冷而且美觀。那歷本上載着的『徹夜的夜紅』將東北兩面染成金紅；空氣又新鮮，又尖利；涅跋的水搖動着，傲岸而有光，並且將他的微波軟軟的拍着埠頭的岸石。而且在這河岸上站着我……而且在我的臂膊上支着一個姑娘……而且這姑娘……

阿阿，和善的讀者！為什麼我來開了首，對你們訴說起我的傷痛來呢？但這樣的是可憐的獸氣的人心。倘若這受了傷，便對着凡有什麼遇到的都跳動，想尋到一點慰安，然而尋不到。這卻是完全容易瞭然的。誰還要一隻舊的沒有修補的韈子呢？各人都願意竭力的拋開——愈遠就愈好。

當我在這年的春天，和瑪沙（Masha），確是世間所有一切瑪沙們中最好的一個的她相識的時候，我的心還用不着來修補。我和她相識便在這埠頭，只是那時卻沒有現在這般寒冷。我那時並非一隻木脚，卻是眞的，長得好好的脚，正如現在還生在左側的一般。我全體很像樣，自然並不是現在似的什麼一隻蹩脚。這是一句粗蠢話，但現在教我怎麼說呢……并且我這樣的和她相識了。這事出現得很簡單：我在那里走，她也正在那里走。（我現在並非一個洛泰理阿，或者還不如說先前並不是，因爲我現在有一段木橛了。）我不知道，有什麼激剌了我，我便說起話來。最先自然是說這些，說我並不屬於不要臉的一流之類；尤其是說這些，說我有着純潔的志向之類之類。我的良善的臉相（現在是一條很深的皺紋橫亙了鼻梁了，一條陰鬱的皺），使這姑娘安了心。我伴瑪沙到匾船街，一直到她的家裏。她是從她的老祖母那里回來的，那老人住在夏公園，她天天去訪問，讀小說給老人聽，這可憐的老祖母是瞎的。

現在這老祖母是故去了。這年裏很死了許多人，並非單是老祖母們。我也幾乎死，我老實說。但我掙住了。一個人能擔多少苦惱呢？我不知道，你也不知道。了不得！瑪沙命令我做英雄，而因此我應該進軍隊去……

十字軍時代已經過去：騎士是消滅了。但假如親愛的女人對你說。『這里的這指環——便是我！』便將這擲在大猛火的煙燄裏，卽使這在大火海，我們看來，宛如法庚(Feigin)的水車的火災一般，你不也想鑽進去，去取出這東西來麼？

『阿呀，這是怎樣一個古怪的人呵，』我聽到你們回答說，『我一定不去取這指環。決計不。人可以認賠，給她買一個十倍價錢的指環』。她於是說，這並不是那原來的，卻是極值錢的指環麼？我永不會相信呢。唉，不然，我卻並不同你們的高見。你們所愛的女人，這麼辦，也許可以的。你們一定是幾百張股票的股東，而且，恐怕是，也還是拚開大商號的東家，所以能夠滿足那不論怎樣的慾望。你們或者還預定了一種外國雜誌，在那里供自己的娛樂罷。

想來，你們該經驗過你們孩子時代的事情的罷，一個飛蛾怎樣的撲進火裏去？那時這很使你們喜歡，當飛蛾發着抖，仰臥的拍着燒焦的翅子的時候。你們以爲這很有趣；然而你們終於將這飛蛾弄碎了。這可憐的東西便得了救。——唉，唉，懇切的讀者呵，倘你們也能夠這樣的消滅我，我的苦惱也就得了收場了。

瑪沙是一個不尋常的姑娘。人宣告了戰爭的時候，她恍忽了好幾日，而且少開口；我沒有方法使她快活起來。

『你聽哪，』有一天她說，『你是一個貴重名譽的人罷？』

『我可以承認，』我囘答說。

『貴重名譽的人們是言行一致的，你是贊成戰爭的：現在你應該打仗去了。』

她鎖了雙眉，並且用她的小手使勁的握了我的手。

我只是看定了瑪沙，說道，『是的。』

『倘你囘來，我做你的妻，』這是她在車站上告別的話。『你囘來呵！』

我含淚了，幾乎要失聲。然而我竭力熬住，並且尋到了囘答瑪沙的力量：『你記着，瑪沙，貴重名譽的人們是……』

『言行一致的。』她結束了這句話。

我末次將她抱在胸前，於是跳進列車裏面了。

我雖然體了瑪沙的意志去戰爭，但對於祖國也體面的盡了我的義務。我勇敢的經過了羅馬尼亞，在塵埃和暴雨裏，酷熱和寒冷裏。我折節的嚼那『口糧』的餅乾。和土耳其人第一次接觸的時候，我並沒有怕；我得了十字勳章而且陞到少尉。第二回交鋒有一點什麼炸開了；我跌倒了。呻吟……煙霧……白罩衫和血污的手的醫生……看護婦……從膝髁下切下來的我的有着青斑的脚……這一切我都似乎過在夜夢裏。一列掛着舒適的弔牀的傷兵車，在優雅的大道姑的看護之下，將我運到聖彼得堡去了。

假如人以兩隻脚離開這都市，而以一隻脚和一段木橛回來，這可是很不尋常了，我想。

人送我進病院去。這是七月間。我託人，向住址官去査瑪利亞·伊凡諾夫那

(Marya Ivanovna)G的住址，那好心的看護手，是一個兵，將這通知我了。她還是住在那地方呢，在匾船街！

我寫一封信，第二封，第三封——沒有回信。我的和善的讀者呵，我將這些都告訴你們了，自然，你們不相信我。這是怎麼的不像眞實的故事呵！你們說，一個武士和一個狡獪的負心人——這古老的，古老的故事。我的聰明的讀者呵，相信我，我之外，有着許多這樣的武士哩。

人終於給我裝好了木造的脚，我現在可以自己去探訪什麼是我的瑪沙的沈默的原因了。我坐車直到匾船街，於是我蹺上那走不完的階級去。八個月之前我怎樣的飛上這里的呵！——竟也到了門口了。我帶了風暴似的心跳而且幾乎失了意識的去叩門……門後面聽到脚步響；那老使女亞孚陀卻(Avdotja)給我開了門，我沒有聽到她的歡喜的叫喊，却一徑跑(假如人用了種類不同的脚也能跑)進客廳裏。

『瑪沙！』

她不單是一個人：靠她坐着很遠的親戚，是一個極漂亮的年青的男人，和我同時畢了大學的業，而且等候着很好的差使的。他們兩個很懇切的招待我（大半因爲我的木脚罷），然而兩個都很喫驚，并且慌張得可怕。十五分鐘之後我全明白了。

我不願妨害他們的幸福——你們一定不信我；會說，這一切不過是純粹的小說罷了。那麼，誰肯將他那所愛的姑娘，這麼便宜的付給什麼一個粗魯人，一個精窮的少年呢，你們明察……

第一，他不是一個粗魯，精窮的少年；第二，——那麼，我告訴你們；只有這第二條是你們不會懂的，因爲你不信現在這道德和正義的存在。你將以爲與其一人的不幸，倒不如三人的不幸。聰明的讀者，你們不相信我罷？那是不相信的！

前天是結婚日；我是相禮的。我在婚儀時，威嚴的做完了我的職務，其時正是那我在世上最寶貴的物事飛到別一個的心中。瑪沙時常惴惴的看我。她的男人對我也極不安的注意的招呼。婚儀也愉快的完成了。大家都喝香賓酒。她的德國親戚們大叫『Hoch!（好冠冕）』而且稱我爲『Der Russische Held（俄羅斯的英雄）。』瑪沙和她的男人是路德派。

『哈，』聰明的讀者說，『英雄先生，你看你怎樣的將自己告發了？你何以定要用路德教呢？只因爲十二月中沒有正教的結婚罷了！這是全個的理由和說明，全篇的故事是純粹的造作。』

請你隨意想，親愛的讀者呵，這在我是全不在意的。然而倘使你們和我在這樣十二月的夜裏沿着宮城的埠頭走，倘使你們聽到風暴和鐘聲，我的木脚的敲擊，我的病的心的大聲的鼓動——那你們就會相信我罷……

丁——當！丁——當！鐘樂打了四點鐘。這是回到家裏，自己倒在孤單冰冷牀上去睡覺的時候了。

Au revoir（再會，）讀者！

蘇聯

高爾基

一個人的誕生

一個秋夜

高爾基(Maxim Gorky)本名 Alexei Maximovitch Pieshkov, 一八六八年三月二十六日生於 Nizhni Novgorod 。早年雙親俱亡，淪落爲鞋匠，廚司，後來，走入文學界中。從他早年經驗，寫出俄羅斯人動人的模型——感到世界已脫節的社會反叛者的模型。高爾基說是一個寫實主義者，不如說是一個自然主義者。因爲他所寫的每是自然的。他不是那一種的人，喜歡過分寫人生腐敗的一方面。雖然他像陀司妥夫司基寫可憎的背景及人物，但當他寫時，這些背景和人物與他題目及意見是有密切關係的，不是它們自身是可憎的。凡是要了解俄羅斯，非讀他的作品不可。有批評家以他與 Defoe 相提並論，他的幾乎如照相的文字描寫人類模型和自然的風景現象在古今文學界中是少有的。因爲讀高爾基的作品可以了解不明瞭的，所以他的作品不只是有價值的文學作品，也是有價值的新社會政治的歷史。

一個人的誕生

梅川譯

時代是一千八百九十二年歉收的年份——地點在薩克黑姆與奧成豈里之間，與珂陀爾河相近，是很近海的一個地方，在飛沫的河流的愉快的淙淙聲間，海洋的沈重如雷的濤聲是淸晰地聽得出的。

是秋天時候，野桂的葉在珂陀爾河的白沫裏旋轉閃光如一羣銀色的小鮭魚。當坐在巖上俯視流河時，發生這一種思想，飄渺若無的，在一帶樹林之後的右方，海濱濤聲發出嘆息，在那裏海鷗鸕鷀噪叫着，原因是如我一樣牠們誤以落葉爲魚，使牠們常常失望。

在我頭上掛着金色的栗樹；我脚下堆着栗樹的落葉，如斬斷的人類的手掌；在對岸，角樹無皮的枒枝纏繞着，搖擺着，橙色的啄木鳥來往跳躍，如落葉之網，與一隊靈動的山雀，藍色綠樹蟲(來自極北的)，以黑嘴輕敲樹皮，獵取昆虫。

左方山頂鑲着有雨意的濃密之雲；這些雲影掠過山坡，坡上叢生着黃楊及一種特別的光的山毛櫸的殘幹，這從前幾乎使邦沛的軍隊崩散，奪去他的鐵步軍的腳力，因爲他們豪飲痲醉的糖水及蜂蜜，蜂蜜等是野蜂從桂花及杜鵑花那裏採來的，旅客們仍集攏那空的蒂，搓成薄的細粉餅。

當時我也（受暴怒的蜂幾根螫刺的痛苦之後）這樣做，是坐在栗樹下的石巖上的時候。把麵包向蜜罐裏漬，我就大嚼，當作早餐，同時玩着垂死的秋日懶懶的光。

在秋季時候高加索如大匠人建的華麗的教堂（大匠人常是大罪人）在自覺的窺探的眼睛之中隱藏他們的過去。這教堂是一種無形的金玉翡翠的大廈，把歇密及薩瑪更達的土耳其織工所繡的珍貴的地氈投在四圍小山上，內堆着爲娛悅太陽而從世間各處收來的東西。是的，似乎人們尋求對太陽講話：『這裏一切都是你的。爲了你人民把這些取來的。』

是的，我靈魂看見長鬚灰髮的超人，有快樂的孩子的圓眼睛，從山上下來，以純粹的萬花鏡樣的寶物播撒於地上，以大塊銀片蓋於山頂，下層則飾以樹的活網。是的，我看那些東西佈置這地方，謝謝他們的工作，直到這個地的恩賜的一塊地方變成意料之外的美麗。

做人是什麼特權！多麼多對眼睛的奇異的交換——美麗的賜予怎樣的使心跳，以幾乎是痛苦的過度的快樂！

雖然有幾種情形當生命似乎堅難時候，胸中覺得充滿着可怕的怨恨，悲哀乾枯心血，予心血燥渴，這不是使我們永久的心意。因爲有時連太陽也可以覺得悲哀，倘是他思及人們，知道，不問他爲他們盡力，他們的回報却很少努力。……

否，這不是良好的人缺乏。這是他們必須磨練——仍是更好的，成一個新的。

* * * * *

突然在我左方一叢矮樹之後，一隊黑頭接觸我的視線，在洶湧的波濤與流水的潺潺聲中，我聽見人類之音，從一隊「飢民」發出來的聲音，或是從薩克黑姆到奧成豈里以建設方法在本地路上找工作的人。

這些說話人我知道是從奧爾洛夫省來的移民。我之知道他們是因爲我最近和這一隊中的男人們同在工作，剛在昨日離開他們，爲了我可以比他們早些動身，走了一夜之後，在太陽從海中上升時候歡迎他。

這一隊中有四個男人一個女人——女人是一個少婦，有高的顴骨，明明白白懷胎膨大的樣子，一雙灰藍的眼注視他們，覺悟的凝視。立刻她的頭及黃肩巾正在矮樹之頂；當我細看時候，這正如向日葵在風中左右搖擺，我想起她是一個婦人，她丈夫在薩克黑姆因過食水菓已死了——這事我是從工人收容所那裏得知的，工人收容所我們也佔一部，這些人遵守俄羅斯舊習慣以他們整個的困難付與新來的人，他們以這樣的智慧的聲音來表演，怨聲在五里周圍地方必能聽到的。

我和這些流離顛沛的人們講話，這些人被壓在不幸之下，不幸把他們從他們的窮瘠財竭的地方連根拔起，離散他們如秋葉般，他們向着高加索來，那裏自然的繁茂，但不親熱的樣子使他們昏迷，以工作苦難的情形飲他們勇氣最後之力；當我這些可憐的人談話的時候，我看見他們以笨重，煩惱，沮喪的眼睛互相環顧，聽見他們互相柔和地說，並以矜憐的微笑：

『怎樣一個地方！』

『唉，是那樣的！——一個使人出汗的地方！』

『是和石頭一樣硬！』

『唉，一個可惡的地方！』

他們講着故鄉常臨的地方而去了，那裏每一握土表示給他們他們祖宗的遺灰，每一粒穀是他們額上之汗所灌溉的，總於攻擊這些回想。

在昔，加入隊中的有一個婦人，她身高而無曲線，胸平如板，牙骨如馬，她呆笨而斜視的黑眼的一瞟有如閃光而冒煙之火。

每黃昏這個婦人照例的和黃肩巾的婦人到收容所外，坐在一堆廢物上，頤支於手掌上，側着頭，以高而急的音唱：

墳場的牆後，
有可愛的綠樹，
我舖放在沙上
殮衣白如雪。
在不久之後
在敬崇我心之前，
吾主與上帝，
將給我殊恩。

常常她的同伴，黃肩巾的婦人，頭前垂，眼注定在腹上，還是靜默；但不常的意外的她以農人般粗而迂緩之音，用嗚咽的疊韻歌唱：

啊，我的愛人，我的情人，

這些眼睛永不能再見你了！

在南方夜的隱藏的黑暗中，這些聲音永不能使我不想到北方雪地的荒原，冰冷的哀哭的暴風，遠的不見的狼的嗥哮。

久之，斜眼的婦人患寒熱病了，以病車載向城裏去當她睡在病車裏寒顫呻吟的時候，她似乎仍在唱墳塲沙土的小曲。

* * * * *

用黃肩巾的起立，消失不見了。

我吃完了早餐，用幾片葉包了蜜罐，縛住了蓋，於是懶懶地再走路，隨於他們之後，我的黑茨樹棒我走着敲着硬的路。

路在望了，灰色的，狹的一條在我前，我的右方不靜的藍黑的海如有千數不見的木匠在不絕的工作的音調；風勢是這樣的合拍如健康的婦人的潮溼，甜蜜，温媛的呼吸，使永在努力的波浪驅向海灘。在滿張的風帆之下傾向着左舷，一隻土耳其的船掠向薩克黑姆而去；當牠前進着，使我想到城中一個傲慢的工程師，他常常吹脹着兩頰說話：『你，靜，否則我把你鎖起來！』這個因爲種種原因，身體極衰弱；我十分高興想到現在墳塲的蟲已把他消耗完了，成爲一副骨骼。那是必然麼我別的友人要一樣地接受這仁慈的優禮！

走路證明是極便當的工作，因爲我似乎浮在空中，一羣愉快的思想，各種的回憶，在我胸中柔和地不絕地唱——一曲和曲像白人的大浪在規律中起伏，一若在柔和，平安的深淵中啟示青年的光明婉轉的希望，如許多銀色的魚養育在海洋的胸中。

突然地，灣向海的時候，路已轉了一半，環着沙灘的一條，沙灘上浪急急地滾轉。在那地方，卽矮樹也似乎有心看浪，這樣心急地橫傾在一條帶似的路上，向着碧藍大洋點頭，但從山上吹來一陣有雨意的風。

* * * * * *

但是聽喲！從業樹間發出一個低的呻吟——這聲音來戟刺，感動靈魂使應合地戰慄是不會不能的！

闖開樹葉，我看見黃肩巾的女人。背倚着榛樹幹坐着，她頭深深地縮在兩肩中，她嘴可怕地張開，她眼睛散漫地睜着，她手抱着膨脹的腹，以不自然的奮興呼吸着，她腹部震動地痙攣地起伏。當其時從她喉間發出呻吟，這有時使她黃色的牙顯露如一隻狼的那樣。

『什麼事？』當我俯視她時我說。『有人毆打你麼？』

唯 的結果是，一雙赤足在沙上如一隻蠅般亂攪，她搖搖無力的手，且喘氣：

『走開，壞東西！你走開！』

於是我明白是什麼事情，因爲我從前曾看見過同樣的事情。雖然當時一種怕羞的感覺使我慢慢地離開她；但當我這樣做，她發出一個拖長的呻吟，且她的幾乎爆裂的眼珠流出熱的，朦朧的眼淚，沿着她緊張的青白的臉緩流下來。

我隨卽又轉向她，放下燒壺，茶壺，旅囊，使她仰臥着，盡力把她兩腿如她身體的方向向上屈，其時她想打我臉打我胸部拒絕我，終於轉了向，她腹部向下了。於是，四肢把她身體抬起，她，在一乎吸間嗚咽，喘氣，咀咒，如一隻熊般爬向叢林更遠處。

『壞蛋！』她喘氣。『啊，你惡魔！』

雖是她嘴唇說出這些話，她兩臂退在身下，她兩腿伸直倒下，口中發出一串新的震動的呻吟。

現在激發到怒的聲音，我急忙地記起我的這類情形的小智囊，終於決定把她轉過來使仰臥，如前地，盡力把她兩腿如她身體方向向上屈。生產臨近的預兆是已有了。

『靜躺着，』我說，『倘若你那樣做，不久小孩就可產生的。』

於是，跑向海邊，我捲起兩袖，於是，回來，從事於產婆的職務。

她以手指畫着泥土，拔起滿把的枯草，掙扎着投入口裏，把泥土向她可怕的，兇暴的臉上及充血的眼裏撒，這婦人如一條赤楊在火上力扭。實在的，這時候一個小頭是已看見了，這必須盡我力去壓制她兩腿的抽動，幫助產生嬰孩出來，且要阻止做母親的把草塞下她扭着的，喘氣的喉嚨。當其時我們互相咀咒：她以她牙齒，我則以低聲：她，我可以推度，已不覺痛苦與羞恥，我，我覺得確實的，出乎知覺之外，混合着完全哀憐的苦楚。

『呵上帝！』她喘息，藍色的唇黏着白沫，那時她眼睛（突然地在陽光中失去神色）流下因為母親的職責的不能忍受的痛苦的眼淚，她身體扭着拗着有如她骨架已在中間截斷。

『走開，你殘忍的人！』是她常常再三的叫喊，當她以她無力的手，手似乎與腕已脫節，用力推我開。但我始終勸說：『你無知的東西！快盡你力用力！』事實上我覺得爲她不安，使眼淚斷續地從我眼中如從她眼中一樣多迸出，我這個心結了悲哀。我仍不停止覺得我應該斷續說話：所以我重說，再重說：『此刻是其時了！快不斷盡你力用力！』

＊　＊　＊　＊　＊　＊

終於我的兩手眞正地捧了一個有她完全的原有美麗的人類的動物。卽是眼淚的朦朧也不能阻我看見那個人類的動物有紅的臉，從牠老踢着，反抗着，悲啼着的樣子（臍帶仍聯着牠母親的時候）知道牠衝入這世界覺到不滿足。是的，藍的眼睛，還有鼻深藏在一對紅的皺的面頰及嘴唇間，嘴唇不停地顫，縮，牠還是叫：『啊！啊！啊！啊！啊！啊！』

而且，當我跪下看牠，又因爲牠已平安地產下覺得安慰而微笑時候，牠是這麼滑，我走近讓牠落在地上：所以完全地忘却我應當再怎樣做。

『割斷牠！』最後這母親閉着眼低語，但容貌突然地浮腫如一個屍首那樣的。

『小刀！』她的無色的唇又低語。『割斷牠！』

我所有的小刀已在工人收容所丟了；但我以我牙齒咬斷胎膜了。於是這嬰孩又發出新的眞奧爾洛維安式的聲音，當時這母親笑了。在別種奇怪的樣子裏母親的玄妙的眼睛又得到神氣了，變爲如充滿藍色的火，以一隻手探入她緊身，尋那袋，她以生硬帶血的的唇說話：

『我沒有一條帶或一片布來縛這胎膜。』

對於那事我設法弄一條帶來縛在相當地方。

於是她比前更光明地微笑了。她這樣光明地微笑使我眼睛幾乎爲了這奇觀而眼花。

『現在調理你了，』我說；『我去洗這嬰孩。』

『是的，是的，』她不安地低語。『但是對他要十分小心的要十分輕輕的。』

十分的小心這個玫瑰色的小嬰兒似乎是必須的，他這樣奮興地握着拳且叫喊，似乎他有意向全世界挑戰。

『來，現在！』最後我說。『你必須做的，否則你的頭將昏昏沈迷的。』他覺得海浪的接觸，開始被歡樂的撫抱洗濯之後不久，他比前更高更厲害地啼哭，繼續用拍背拍胸的手術，他蹙着眉，掙扎着，一聲一聲的叫哭，當時浪洗濯他纖小的四肢。

『你叫，奧爾洛夫的青年！』我慫恿地說。『以你肺的全力量去運動！』那樣的我把他還他母親。我看見她閉着眼，嘴唇吸入齒間，似乎因爲生產後放逐的苦痛她扭轉着。但立刻因爲呻吟和嘆息我聽出這樣低語『把他給我！把他給我！』

『你最好等一忽兒，』我勉強說。

『呵不要！現在就把他給我！』

她以顫抖的不穩固的手放下她緊身的胸襟，解放（賴我的幫助）胸部，這是自然預備給最少十二個嬰兒的，把噪鬧的奧爾洛夫的青年按上乳頭。講到他，他立刻明白，於是不再悲啼了。

『呵貞潔神聖的上帝的母親！』她發出一個拖長，顫慄的嘆息，當她把一個蓬髮的頭俯向小孩的時候，在靜寂中，奮起發出柔的突然的呼喊。於是，睜開她微妙，美麗，藍色的眼睛，一個母親的神聖的眼睛，她抬起這眼睛向靑蒼的天，其時在眼的深處有愉快與感謝的火焰來往着。後來，舉起一只無力的手，她以遲緩的動作在她自己與她孩兒之前，畫十字的記號。

『謝謝你，呵最貞潔的上帝的母親！』她喃喃低語。『眞正謝謝你！』

於是她眼睛又漸模糊散漫，一霎時之後（當那時她似乎並未呼吸）她以粗率乏味的音調說：

『年青的人，請解開我的小袋。』

當我這樣做的時候，她不絕的以注定的眼凝視看我；但當事完畢之後，她怕羞地微笑，在她下陷的頰上玷汙的鬢角現出面紅的影。

『現在，』她說，『請你走開些。』

『倘我就這樣，要知道當這時候你不要動得太多。』

『是的，我不會的。但請走開些。』

所以我退了一些。在我心中潛伏着一種疲倦，但在我心中也有一個柔和的光榮的鳥的和曲反響着，一個這樣美妙的和諧，和永不停止的海的激擋，那永遠我能聽見的，及鄰近的溪澗，牠沿着牠的流潺潺作聲如一個少女和她情人密談。

立刻這婦人的黃肩巾蓋着的頭（肩巾現在已整潔地調理過了）又出現在矮樹上。

『來，來，良善的婦人！』是我的叫喊。『我告訴你你必不可這麼快就動的。』

自然她的形容現在是一個極柔弱的，她已衝過去以一手握住樹幹以支持她身體。其時血在她臉上消失了，那裏成為空渦，她眼睛已是兩隻藍色的湖了。

『看喲，他怎樣睡着！』她喃喃說。

確實的，這嬰孩已酣睡了，雖然在我的眼中的他看過去和別的嬰孩也許是一樣，除非他隱匿的秋葉的蓐是一種在奧爾洛夫遠遠的林中沒有發見過的葉。

『現在，你去躺一忽兒，』是我的勸告。

『啊，不要，』她搖一搖在扭屈的頸上的她的頭且囘答；『因爲在我動身之前我必須收集攏我的東西。』

『動身到奧成豈里去？』

『是的。現在我的同件向那一面已走了不少路了。』

『你能走這麼遠麼？』

『神聖的母親會助我的。』

是的，她是在上帝的母親的隊中走路。所以在這點上不必多講了。

又瞟視在樹下的纖小，原始的臉，她眼睛放出溫暖之光，和善照着，當她舐着她嘴唇，以滯緩的動作撫摩這小孩兒的胸部。

於是我收集小梗生火。又安排石塊架壺。

『立刻我做茶給你，』我提起說。

『我眞正應該謝謝你，』她回答，『因爲我胸中很乾枯。』

『爲什麼你的同伴遺落你？』我其次說。

『他們沒有遺落我。這是我自己意思離開他們的。我怎能在他們前赤裸我身體？』

於是瞟我一眼她舉起一隻手在她臉上，其時，吐出一塊凝血，她一種怕羞的微笑笑了。

『這個是你的頭一個孩子，我抱下的？』

『牠是……你是誰？』

『一個人。』

『是的，一個人，自然：但是你是結婚過的人麼？』

『沒有，我永沒有能力來結婚。』

『那不會是眞的。』

『爲什麼不會？』

眼睛下垂她坐了一忽兒在想。

『因爲，倘是這樣，怎麼關於女人的事你知道這麼多？』

這時候我說謊了，因爲我囘答：

『因爲這些都曾經是我的課程。實在我是個醫學生。』

『呀！我們的牧師的兒子也是一個學生，但是一個爲教堂的學生。』

『很好，因此你知我是什麼了。現在我去取些水來。』

這樣她把她頭歪向她兒子，聽他的呼吸一忽兒。於是她向海一看說：

『我也想洗一個浴，但我不知道這水像什麼。什麼？稍微的鹹還是鹹的？』

『否；完全是清水——於你洗浴適宜的。』

『是眞的麽？』

『是，眞的。而且，這比近這裏的河水暖，河水是冰冷的。』

『呀！好的，你知道一切。』

這裏看見一鬆毛的耳的小馬，只有皮與骨，走近我們離一步地方。顫動着垂着頭，牠細看我們，當並列時候，牠有一隻圓的黑眼，還打着鼻息。牠的乘者把一頂襤褸皮帽推後，向我們一方提防地看，又垂下他的頭。

『這些地方的人民考察起來是醜惡的』從奧爾洛夫來的婦人柔和地批評。

那時我爲了取些水離開。等我洗了臉，手之後我自如水銀般光亮流動的河流中裝滿這壺（一條河表示，如秋葉在旋水中飄蕩，這旋水跳着唱着走過石巖，一個寶在迷魂的奇觀），囘來，自樹間窺視，看見這婦人按着手，膝爬過石巖，急切地在四顧，如在找尋東西。

『這什麽？』我問；於是，臉上因爲怕羞立卽變爲灰色，她卽把一些東西藏於身下，雖然我已猜到這東西。

『把這給我，』這是我唯一的話。『我去葬牠。』

『怎可這樣？因爲，事實上，這應該葬在火爐之前的地板下的。』

『我們不是想在這裏築一隻火爐——五分鐘就築成麼？』我答辯。

『呀，我是說笑話。不過眞的我不願把這葬於此，恐怕野獸會來吞食。……但這應該只能托之於土了。』

那樣說着，她，轉視別方，給我一束溼的，重的：當她這樣做她以怕羞的音調低聲說

『我懇求你爲了基督把這盡你力好好地深深地去葬。如我所叮囑的出乎愛憐我兒子之外。』

我如她請求去做；剛這事完畢我看見她正從海灘那方不穩固地搖擺回來，一隻手臂伸在身前，裙一半浸在海水裏。但她的臉全被心靈的火光耀，當我援助她重回

到我放樹梗的地方我不能不驚奇地感到：

『眞的她是多麼強健！』

次之，當我們喝甜茶的時候，她問：

『你現在已不是一個學生了麼？』

『是的。』

『爲什麼？爲了酒飲了大多麼？』

『是這樣，良善的母親。』

『悲哀喲！啊，你臉我是熟悉的。是的，我記得了我在薩克黑姆看見你的，那時你有一次和工頭爭論口糧。當時我發生一種感想：「自然那個勇敢的靑年必把進款去喝酒了？是的，怎樣這必是的。」』

於是她從她浮腫的嘴唇上舐了一點蜂蜜，她又囘過她藍色的眼睛向林中，在樹下臥一個新生的睡熟的奧爾洛夫人。

「他將怎樣生活呢？」她深深地一嘆，沉思地說——於是再對我說下去：

「你援助我過，我感謝你。是的，我的感謝是你的，雖然我不能說你的援助是不是對他的。」

於是，她喝了剩的茶，吃了一塊麵包，畫了十字，後來，當我收集我的東西時候，她繼續前後搖擺她身體，表示要動身，沉思地看地，她眼睛又回到原來的神色了。終於她起立了。

「你還是不要去？」我反對地問。

「否，我必須去的。」

「但——」

「賜福的聖母會同我去的。所以請你把孩兒給我。」

「否，我會抱他的。」

爲了例規而爭論之後，她承認了，於是我們就並肩而行。

『我只希望我脚上再穩固一些，』當她把一手放在我肩上時候她求情地一笑說，當其時這俄羅斯新國民，一個未知將來的小人兒，在我懷中酣睡，那時海正在激擂，喃喃，且丟開她的泡沫，樹林互相低語，太陽（正在中間）光明地照着我們。

在平靜之中我們走着；除非有時母親停下，呼一個深呼吸，抬起她的頭，看海，看樹林，看山，窺視她兒子的臉。當她這樣做時卽受苦的眼淚所生的霧不能模糊她眼睛奇異的光明澄清。因爲她眼中冒出不竭的愛的陰沉的火。

有一次她停下，她喊：

『呵上帝，呵上帝的母親，這一切是多麼好！也許我能永遠這樣走，是的，走，走到世界的盡頭！一切我所必須也許是你，我的兒子，我親愛的兒子，靠着你母親的胸懷，應該長大強壯起來！』

海喃喃響又喃喃響。

一個秋夜

梅川譯

曾經有一次秋天時候，我的景況正是不快樂，而且不方便。在城裏，那地方我剛到；我不認識一個人，我發見我衣袋裏沒有一個銅幣，並且沒有宿處。

前幾天已經將我的衣服都賣掉了，沒有這東西也還可以幹下去，我從城裏到叫作意司太的地方來，這里都是輪船埠頭——在能夠航行的時候是喧嘩，辛苦的生命吵鬧的地方，但現在是寂寞荒涼了，因爲已是十月末日了。

我的脚爬着溼沙，執迷地帶着在沙裏發見無論什麼食物底零碎的希望檢查着，我在荒涼的房屋和棧房間徘徊。暗想得到一頓飽餐是多麼好呢。

在我們現代的文化情形下，精神底飢餓比身體底飢餓容易滿足。你在街道上徘徊，你被外觀不壞的房屋包圍着，而且——你可以放心地說——裏面不會怎樣惡劣地布置着的，這些景象可以鼓舞起你心中關於建築，衞生，以及其他許多聰明的，誇大的問題的觀念。你可以遇見熱情地雅致地裝飾着的人——都很有禮貌，情感地離你而去，不希望惡意地注意你存在底悲哀的事實。好的，好的，一個飢餓的人底精神常常比美食的人的精神容易安慰，容易康健；那里你有機會你可以引出一個偏祖粗食的很巧妙的結論。

黃昏近了，雨正下着，北風猛烈地吹着。還在空屋裏店鋪裏呼嘯，吹入旅館塗粉的玻璃窗，將喧囂地拍着沙灘的河中底微波打成泡沫，將他們底白帽抛在高處，前後地跑到遠方，爭先地互相跳過雙肩。似乎河也覺得冬之接近，無意地想逃出冰底桎梏，這是北風很可以正在那一夜使她結成的。天是陰而黑：不歇地降下很難見的雨點，在自然中的悲慘的情調包圍着我，因兩株撞壞的殘缺楊柳和一隻船底朝上繫在樹根的船而更甚了。

顛倒而船骨已經損壞的船和可憐的老樹，被冷風殘虐着——一切包圍我的是破敗，乏味和死亡，天流着不乾的淚……周圍的一切是荒蕪而悽慘……似乎一切都已死亡，剩我獨自活着，而且一個冷的死亡仍在等候我。

我已是十八歲了——可寶貴的時候！

我踏着溼沙走着走着，我已經寒顫的牙齒因爲飢寒而更加戰抖，我細細地在一隻空籃旁尋些東西喫的時候，突然我在籃旁看見一個蹲在地上，著女人衣服的人，衣已被雨所溼，緊緊抱着低屈的雙肩。仔細看她，我看她在做什麼。看見她用她的手在沙上掘一條小溝——在一隻籃下開掘。

『你爲什麼在那樣做的？』我問，隨在她的身旁蹲下。

她輕輕驚喊一聲，立刻站起了。於是她站在那里注視我，睜大的灰色眼睛充滿着恐怖，我知道是和我一樣年紀的姑娘，有不幸地被三粒大的藍色的痣裝飾着的快樂的臉。這毀壞了她，雖然這些藍色的痣很均勻地分散着，一個一次：都是一樣大小——兩個在眼下，一個大些剛在鼻梁之上的前額。這平勻明明地是藝術家底工作，慣於毀壞人類的面貌底事的。

這姑娘注視我，於是在她眼中的恐怖漸漸消滅……她拭去手上的沙，整理她棉的兜帽，畏縮着，於是說：

『我想你也是要些東西喫罷？去掘去！我的手是酸了。在那邊』——她向屋子那邊點頭——『那邊有麵包，一定的……還有臘腸……那鋪子還做生意。』

我動手掘。她注視我，等候不久之後，她在我身旁坐下來幫助我了。

我們在靜默中工作。我不能說那時候我是否想到刑法，道德，主人，以及其他一切。關於一個人應該每秒鐘想到自己的生命，這是許多有經驗的人底意見。希望保住能盡力接近眞實，我必須明白地自認我是這樣專心從事於在籃下掘沙，使我完全忘記其他的一切，只有這件事：那籃裏能有什麽呢？

黃昏更近了。灰色的，發霉的，冷的霧更濃更濃地包圍我們。浪比早先更其沈重地怒號，雨滴在那籃的板上更響更緊。有幾處巡夜的人已經開始打鼓了。

『掘到了底沒有？』我的助手柔和地問。我不明白她講的是什麽，我仍舊不說。

『我說，籃底掘到了麼？若是到了，我們掘了沒有結果。這里我們掘了一條溝，雖然，我們可以遇見沒有什麼，只有硬板。我們怎樣把硬板拿去呢？不如打碎這個閙；這是討厭的閙。』

好意見是很少會到女人的頭裏來的，但是，如你所知道，有時也會到的。我常常估計好意見，常常想儘量利用牠。

掘到了閙之後，我用力一拖，整個捩去了。我的同黨立卽伏下，如大蛇般蟠入籃的大閙的四角的蓋內，她在那里讚賞地很低的叫我：

『你是個大丈夫！』

在這時候從一個女人那里得到些微的稱讚，比從一個男人那里得到整個的稱頌還親熱，卽使他比古今一切雄辯的人放在一起更善於措辭。於是，雖然，我不如現在般被柔順地擺佈，不注意我的同伴的獎辭，我簡單地殷勤地問她：

『有些東西麼？』

以單一的音調，她開始計數我們的發見。

『一藍瓶——厚的皮——一頂小日傘——一隻鐵桶。』

這些都不能喫的。我覺得我的希望消滅了……但是突然地她愉快地喊：

『阿！這里是了！』

『什麼？』

『麵包……一塊……只這是軟的……拿去！』

一塊落在我脚旁，於是她自己，我的勇敢的同伴。我已經咬了一口。塞入嘴內，細細地嚼……

『來，再給我一些！……我們萬不可住在這里……我們到那里去呢？』她查考地看看各處……是黑暗，潮溼，喧囂。

『看！那邊是一隻顛倒的船……我們到那邊去。』

『我們去！』於是我們起行，我們走着喫着戰利品，大塊塞在我們的嘴裏——雨下得更兇了，河怒號着：從幾處囘響着延長的戲效的呼嘯——正似乎有偉大的人，他不怕人，戲笑人間的建設；沿着牠們這可怕的秋風及牠的英雄的我們。這呼嘯使我的心痛苦地急跳，不顧這些，我快樂地喫着，因爲這關係，在我左邊走着的姑娘和我保住一樣的步伐。

『他們叫你什麼？』我問她——我不知道爲什麼。

『那泰沙，』她短促地囘答，大聲地嚼着。

我注視她。我心痛苦；於是我注視身前的霧，似乎我底運命之神底敵視的容貌曖昧地冷冷地對着我笑。

雨不絕地鞭韃着小船的船骨，牠的柔弱的淅瀝引出悲哀的思想，風呼嘯着有如經過裂口吹入船的撞壞的底，裂口那里的鬆的圍板互相敲着——一個煩惱而抑鬱的音調。河中的浪拍着岸，這樣單調地失望地響，正如在告訴有些是不可忍耐地慘淡陰沈，這使牠們成爲絕對的可憐，有些，牠們想逃走。但是被強迫着講些相同的事。雨聲夾雜着激拍聲，一個拖長的歎息似乎浮在顛倒的船上——地底無盡的勞苦的歎息，被永久的變換所損害，疲乏，從光亮的温暖的夏到冷的多霧的潮溼的秋。風繼續地吹過荒涼的溼岸，暴怒的河——吹着唱着悽慘的歌……

我們的地位在船的庇蔭之下是絕對地不舒服；地方是狹小潮溼，冷的微細的雨點穿過破敗的船底滴下；暴怒的風刺了進來。我們靜默地坐着。更因寒冷而戰慄。我記得我是要睡了。那泰沙背靠在船殼上，將身子捲成一個圓球，她兩手抱着兩膝，將面龐支在膝上，她睜大着眼頑固地注視河；在她臉上沒有血色的部分兩眼似乎是無邊的，因爲藍色的痣正在其下。她倘未移動過，這不動和靜默——我覺得的——漸漸使我發生對於我的鄰人的恐怖。我要和她談話，但我不知道怎樣開頭。

這是她說的。

『生命是一件怎地可詛咒的事！』她坦白地淡然地喊出，以一個自信極深的音調。

但這不是怨恨。這些話裏對怨恨是太漠然了。這個簡單的靈魂照她所明瞭的思想——思想，開始造成某一個結論，就是她高聲表現的，且我也不能反駁，怕我自己矛盾。所以我靜默，她，似乎她沒有顧到我，還是坐在那里不動。

『卽使我們鬥氣……於是什麼……？』那泰沙又開始了，這時候寂靜，凝思，在她言語間仍沒有怨恨的音調。是坦白的，這個人在她對於生命的回想的次序中推及她自己的事情，而終於深信，爲了要從生命的譏笑保住她自己，她不立在做其他一切事情的地位上，而只是簡單地『鬥氣』——用她自己的字句。

這思想底路塗底明白對我是不能表現的悲哀與痛苦，我覺得我再靜下去我眞是要啼泣了……在女人之前竟這樣是羞恥的，尤其是她並不哭泣。我決定和她談話。

『這是誰，欺侮你的？』我問。因爲當時我想不出更聰明些的或更文雅些的。

『都是巴綏卡，』她以慘淡的，淸楚的音調囘答。

『但他是誰呢？』

『我的情人！——他是個麵包師。』

『他常常打你麼？』

『他酒醉時候他要打我……常常！』

突然地，向着我，她開始講論她自己，巴綏卡和他們互相的關係。他是個有紅鬍子的麵包師，六絃琴彈得很好。他來看她，大大地使她快樂，因爲他是個快樂的青年，穿着精緻的淸潔的衣服。他有一件外衣值五十盧布，還有有套的皮靴。因爲這些原因她就愛他了、於是他就變爲『中選的人』了。他變爲中選的人以後，他就設法取去她所蓄的錢，這是她的朋友給她買糖果的，他就用這錢去飲酒，他囘來就動武打她；但那是不要緊的，倘若她不看見他再去追逐別的女人。

『現在，那不是侮辱麼？我不比別人醜。自然那意思是他在笑我，這流氓。前天我向主母請一些時候假到外面去，到他那里去，那里我看見定謨卡坐在他身旁喝酒。他也已經半醉了。我說，「你下流的，你！」於是他給我很很一頓打。他踢我，牽了我頭髮拖。但到日後那不要緊的。他毀壞了我一切所有的——弄我到現在這樣。我怎能到主母跟前去呢？他毀壞了一切……我的外衣，我的短衫——這正是一件新的；我費了五元錢買的……且撕破我頭上的頭巾……阿，上帝！現在我將變爲什麼呢？』她突然地以悲哀的用力的聲音悲泣了。

風怒號着，變爲更冷更吵鬧了……我的牙齒又開始打戰了，她，緊擠着想避免寒冷，盡力的向我擠，所以我在黑暗中能看見她眼睛的發光。

『你們男人們是多麼罪惡！我把你們都拋到爐子裏去燒掉；把你們割成碎片。倘若你們中無論那一個要死了，我要唾他的臉，一些也不可憐他。卑鄙的人！你們阿諛引誘，你們如畏縮的狗的搖尾，我們笨人把我們自己給你們，一切都給你！立刻你們把我們踏在脚下。……可悲的遊惰的人！』

她反復地訕咒我們，然而是並非認識的，並無惡意的，沒有怨恨的，在她對於可悲的遊惰的人的訕咒中，這是我聽得出的，她說話的音調和所說的事實是不相符合的，因爲這是很靜了，所以她聲音的調子是恐怖地可憐。

一切這些對於我有比最雄辯的和最使人相信的悲觀書籍，演說更利害的印象，我曾看過許多好的這一類的書，而且到現在仍在看。你知道，這是因爲一個將死的人的痛苦比最詳細，最生動的死的描寫更自然，更利害。

我覺得眞不幸——從寒冷而得的比從我的鄰人的話而得的更其多。我微微地呻吟，並且抖動我的牙齒。

幾乎同時我覺得兩隻纖細的手臂在我身上——一隻觸着我的頭頸，一隻放在我臉上——同時一種慇懃的，溫和的，友誼的聲音發出問話：

『你有什麼不舒服？』

我幾乎以爲別一人問我這話，不是那泰沙，她剛才說一切男人們都是下流的，且希望他們的死亡。但正是她，她又很快地，急急地說了。

『噯，你有什麼不舒服？你冷麼？你凍僵麼？唉，你是個什麼，坐在這里這樣靜默像一隻小貓頭鷹！爲什麼，你早應當告訴我你是冷了。來……睡在地上……伸開你身體，我將睡……那里！那怎樣？你手臂繞着我？……再緊些！那怎樣？你現在就可以暖了……於是我們再背對背睡。夜是將這樣飛速地過去，看倘若牠也許不是。我說……你也喝酒麼？……噯，離開你地方？……這不要緊的。』

她安慰我……她鼓勵我。

我絕對可以被詛咒！在這件唯一的事實上對我是一個什麼諷刺底世界！去想！這里是我，在這時候嚴重地從事於人道的運命，想到重新組織社會制度，想到政治的革命，讀各種過於聰明的書籍，牠們的不可推測的深奧自然地是被牠們作者弄得不可推測的——在這時候。我說，我以我的全力想把我造成『一個極有力的，活動的，社會的力量。』即使對我似乎我已一部分達到我的目的；無論怎樣，在這時候，在對我自己的理想，至於我要承認我有生存的專利，所以我有必須的偉大應當保存我的生命，我簡直應該在其中佔一個大的歷史的地位。而且現在一個女人以她的身體使我暖，一個不幸的，損壞的，被窘迫的生物，她生命沒有地位沒有價值，我沒有想到帮助她，到她以她自己帮助我，我實在不知道怎樣助她，即使這思想我已經發現了。

阿！我正將想這全在夢境所遇到的一切——在一個悵然的悽慘的夢境中。但是，噢！想到那樣是不能的，因為冷的雨點正滴在我身上，女人是緊緊壓着我，她的熱的氣息正吹着我的臉，——雖有微微的麥酒的香氣——這於我很好。風發怒暴吼，雨點打在船上，浪濺潑着，我們倆互相戰抖地抱着，雖然還在寒顫。一切都是只有太真，我確定永沒有人夢過如那實在的這樣悽慘可怕的夢。

但那泰沙總是講到種種事情，和善地，同情地，只有女人們能講的講着。在她的聲音及和善的言語的勢力之下，小小的火在我的心中燃燒起來，於是有些在我心中的東西結果是融化了。

於是眼淚如冰雪般從我眼中溢出，洗去心中許多惡的，許多笨的，許多憂愁，汚濁，在那一夜以前所積的。那泰沙安慰我。

『來，來，好了，小人兒！不要再悲痛了！好了！上帝將給你別的機會的……你改正你自己，再立在你正當的地位上……這就好了……』

於是她繼續地吻我……她給我許多吻……燃燒的吻……一切徒然……是第一次和女人接吻，永遠賞給我了，也是最好的吻，因爲一切接續的吻值得我可怕地親愛，實在並無給我一些囘報。

『來，不要這樣悲痛了，有趣的人！倘若你明天不能尋到地位，我將代你設法。』她的柔和的，勸慰的話在我的耳朵裏發響似乎在夢中經過一般。

那里我們睡到天曉。

天一亮，我們從船後爬起，向城中去……於是我們互相友誼地離別，永不再見了，雖然以半年的時光，我爲了那和善的那泰沙各處都去尋過，和她我過了一個如前所述的秋夜。

倘若她已經死了——對於她是好的；倘若是這樣——祝她平安！若是活着……我仍說『願她的魂靈平安！』她墮落底自覺願永不入她靈魂……因爲那是過分的無結果的受苦，倘若生命還在生存……

蘇聯

淑雪兼珂

貴家婦女

波蘭姑娘

貴家婦女是從日本尾瀨敬止編譯的藝術戰線譯出的；他的底本，是俄國V.理丁編的文學的俄羅斯，內載現代小說家自傳，著作目錄，代表的短篇小說等。這篇的作者，並不算著名的大家，經歷也很簡單。現在就將他的自傳，譯載於後——

「我於一八九五年生在波爾泰瓦。我的父親——是美術家，出身貴族。一九一三年畢業古典中學，入彼得堡大學的法科，並未畢業。一九一五年。作爲義勇兵向戰線去了，受了傷，還被毒瓦斯所害。心有點異樣。做了參謀大尉。一九一八年，作爲義勇兵，加入赤軍。一九一九年，以第一席成績回籍。一九二一年，從事文學了。我的處女作，於一九二一年登在彼得堡年報上。」

波闌姑娘從是日本米川正夫編譯的勞農露西亞小說集譯出的

貴家婦女

魯迅 譯

格里戈黎·伊凡諾微支接連打了兩個呃逆，用袖子拭了面頰之後，就說。

——我呀，兄弟，戴帽子的女人，是不喜歡的。如果貴家婦女戴着帽子，穿着細絲襪，手上抱着叭兒狗，鑲着金牙齒的時候，那麼，從我看來，那裏是什麼貴家婦女呢，就是像一個討厭的怪物。

但在先前，自然，我也迷過貴家婦女的。和她散步，上戲園。後來就在那戲園裏，一切都拉倒了。是她在戲園裏，從頭到底，打開了她自己的觀念形態的呀。

——你從那里來的——我說——女市民？第幾號呢？

——我——她說——是從第七號來的。

——哦哦，日安——我說。

於是忽然迷了她。我常常到她那里去。到第七號。裝着職員似的臉。府上怎麼樣，女市民，自來水和廁所裏，沒有障礙麼？走得好好的麼？就是這等事。

——唔唔——她回答說——都好好的。

她包着粗羽紗的衣服，別的什麼也不說。只是睞睞眼。還有，是金牙在嘴裏發着光。我去了一個月光景——她也慣了。回話比先前多一點。自來水是走得好好的，多謝多謝，格里戈黎·伊凡諾徵支先生，就是那些話。

再——走下去，我竟和她漸在街上散步了。兩個人一上街，她叫我扶她的臂膊。一拿了她的臂膊，不知怎地，就好像覺得被拉着了似的。但是，也談起來——不知道怎麼好。在人面前，有些擔心。

於是乎呀，有一回，她對我這樣說。

——您哪——她說——格里戈黎·伊凡諾徵支，你這樣拉着我各處跑，我頭暈起來了呀。你是帶動者，是官，何妨陪我上上戲園，或那里去呢。

——好——我說。

第二天，恰好從共產黨支部送了歌劇的票子來了。一張，是送給我自己的，還有一張，是鐵匠華西卡讓給我的。

票子我沒有細看，然而兩張都不同。我的是下面的坐位，華西卡的呢——是最上層的便宜座兒。

總之，我們倆出去了。走進戲園去。她坐在我的票位上，我坐在華西卡的票位上。因爲是便宜座兒呀，什麼也看不見。但是，彎起腰來，卻能從入口望見她。可也不容易。

我有些倦了，走下去散散悶。不久——一幕完了。她也趁這閉幕時候，在散步。

晚安——我說。

晚安。

你的府上——我說——自來水出得還好麼？

——不知道呀——她說。

她却跨進食堂去了。我跟着她。她在食堂裏走來走去，瞧着食物攤。那地方有碟子。碟子裏面，裝着肉饅頭。

我簡直是鵝一般，還沒有倒楣的資本家一般，跟在她後面提議。

——倘若——我說——你要吃肉饅頭，那麼，請不要客氣罷。因爲我曾來付錢的。

——多謝——她用法國話說。

於是慌忙用了下等的走相，走近碟子那邊，便取那澆着乳酪的，一口一個。

但是，說到我的零錢——可是不成話。至多，也不過三個肉饅頭。她是在用點心，而我却因爲不放心，所以一隻手探進衣袋裏去在數錢，看看有多少。錢呢，實在是只有一點點。

她將那澆着乳酪的東西喫完一個之後，又喫第二個。我咳了一聲。於是就不響。這樣的資本家式的羞恥，捉住了我了。情郎，和錢無緣呀。

雄雞似的，我在她周圍走，她就呵呵地笑着，來應酬。

我開口了。

——不是已經到了回座的時候了麼？也許搖了鈴罷。

然而她却這麼說。

——還沒有呀。

於是拿起第三個肉饅頭。

我說。

——空肚子上，不太多麼？如果吐起來。

但她却道，

——不要緊。因爲我們是慣了的。

於是拿起第四個。

這時候，我的血，突然直奔頭上了。

——放下！——我說。

她喫了一驚。嘴張開了。那嘴裏，金牙發着光。

我好像將韁繩落在馬尾巴下似的心情。無論怎樣都好，未必再和她散步了，我想。

——教放下呢——我說——要小心呀！

她將肉饅頭放在前面了。我便問食堂的主人公。

——喫了三個肉饅頭，多少錢呀？

然而主人公是悠悠然——玩着不倒翁。

——因爲——他說——客人是用了四個——。

——那里——我說——四個？第四個在碟子上。

——不——他回答說——即使碟子上還有一個，也咬過了的，又給指頭揑軟了。

——什麼——我說——說是咬過了，唔？這是什麼話。

然而主人公却冷冷然——而在眼前旋着肉饅頭。

那不消說，人們聚集起來了。他們是鑑定人。有的說是已經咬過了，有的却說是——沒有咬。

我翻轉衣袋來——於是所有的錢，都滾落在地板上。大家都笑了。我却不發笑。付錢。

對於四個肉饅頭，恰恰——夠付出。眞是爭了一些無聊的事情。

我付過錢，便向那貴家的女人。

——喫掉牠罷——我說——因爲是已經付了錢的。

但貴女一動也不動。她於喫掉的事，在客氣了。

於是有一個老頭子來搗亂。

——給我罷——他說——我來喫掉牠。

於是喫掉了，那個壞種。我付的錢。

我們回了座，看歌劇一直到完。此後是向自己的家裏。

到了家的近旁，她對我說。

——你是多麼粗疏呵。沒有錢的人——不是陪着貴婦人出來玩的呀。

我說。

——幸福是不在錢裏的。這麼說雖然有點失禮。

這樣，我就和她告別了。

在我，是不歡喜貴家女人的。

波蘭姑娘

魯迅譯

美洲那邊，咱們也還沒有去走過。所以那邊的事，老實說，是什麽也不知道。然而外國之中，如果是波蘭呢，可是知道着。豈但知道，便是剎掉那國度的假面，也做得到的。

德國戰爭（世界大戰——譯者）的時候，咱們在波蘭地方就滿跑了三整年……不行！咱們是最討厭波蘭的小子們的。

一說到他們的性質，咱們統統明白，是充滿着一切譎詐奸計的。

還是先前的事，女人呀。

那邊的女人，是在手上接吻的。

一進他們的家去，

「Niet nema, Pan。」（什麽也沒有，老爺——的意思。）便說些這樣的事，自己想在手上接吻，濫貨！

在俄國人，這樣的事是到底受不住的。

一說到那邊的鄉下人，可眞是老牌的滑頭哩。整年穿得乾乾淨淨，鬍子刮得精光，積上一點錢。小子們的根性，現在就被曝露着呀。雖然還是先前的事，就是那上部希萊甲的問題呀……。

究竟爲什麽波蘭人一定要上部希萊甲的呢，爲什麽要愚弄德國的國民的呢？我要請教。

成爲獨立國了，要決定本國的單位貨幣了，那自然也很好，但還要有那麽不通氣的要求，又是怎的呀？

哼，咱們不喜歡波蘭的小子們……。

但是，怎麽樣？豈不是遇見一個波蘭姑娘之後，便成了波蘭的死黨，以爲沒有人們能比這國度裏的人們再好了麽？

然而這是一個大錯。

索性說完罷，是咱們的身上現了非常的神變，可怕的煙霧罩滿了頭了——只要是那個漂亮的美人兒所說的事，什麽都奉行了。

還是先前的事，殺人，咱們是不贊成的——手就發抖。可是那時是殺了人了。自然並沒有親自去動手，可是死在自己的奸計裏的。

現在一想起也就不適意，咱們竟輕率到以新郎自居，在那波蘭姑娘的身邊轉來轉去。還要將鬍子剪短，在那賤手上接吻哩……。

那是一個波蘭的小村落，叫作克萊孚。

一邊的盡頭，有一點小小的土岡——德國兵在挖洞，這一面的盡頭也有一個土岡——我們在掘壕。這波蘭的小村落，就成了在兩壕之間的谷裏了。

波蘭的居民，自然决計告辭。只有身爲家長，捨不得家財的先生們還留着。

說到他們的生活——想的也就古怪了。鎗彈是特別嗚嗚，嗚嗚地在叫，但他們却毫不爲奇，還是在過活。

我們是常到他們的家裏去玩的。

無論去放哨也好，或是暗暗地偷跑也好，路上一定要順便靠一靠波蘭人的家。

於是漸漸常到一家磨坊去了。

有一個，可是年紀很大的磨夫。

據那老婆的話，這人是有錢——並且是不在少數的錢的，但決不肯說這在什麼處所。雖然約定在臨死之前說出來，現在却怕着什麼罷，還是隱瞞着。

可是，磨夫先生——是眞藏着自己的錢的。

話得投機的時候，他都告訴咱們了。

據那說明，是要在去世之前，嘗一嘗家庭生活的滿足。

「唔，這麼辦，他們纔也還將我放在眼裏呵。倘一說錢的所在，便會像菩提樹似的連皮都剝掉，早已摔出了。我是內親外眷，一個也沒有的呀。」就是這麼說。

這磨夫的話，咱們很懂得，倒要同情起來。不過完全的家庭生活的滿足，是什麼也沒有的。他生着咽喉炎，從咱們看來，連指甲都發了白，唔，總之，同情了。

實際家的人們，都在將老頭子放在眼裏。

老頭子是含胡敷衍，家裏的人們始終窺伺着他的眼色，希望也許忽然說出錢的所在來，眞是戰戰兢兢的樣子。

叫作這磨坊的家族的，是很上了年紀的老婆婆，和一個領來的女兒名叫維多利亞·迦葉彌羅夫那的波蘭美人。

咱們前囘講過了關於上了年紀的公爵大人的，上流社會的事件——如果赤脚的強剝衣服是確確鑿鑿的事實，那麼，我們的遭了木匠傢伙的打，也就是眞的。但那時，好看的波蘭姑娘維多利亞·迦葉彌羅夫那還沒有在……也不會在的。因爲這姑娘的故事，是在另一時候，和另一事件相關……。

那是，咱們，那個，對不起，撒了一點謊了。

那個維多利亞・迦葉彌羅夫那，是很上了年紀的磨夫的女兒。

總之，就是到這姑娘那里，咱們去玩的是。

但是，究竟怎麼會成了這樣的事的呢？

首先的幾天之中，兩人之間的關係，就已經出色起來了。

大家坐着笑着的時候，在一座之中，維多利亞・迦葉彌羅夫那不是特別看上了咱們，挨着咱們麼？有時候——好麼——是用肩，有時候，是用脚呀。

『唔，來了。』咱們大大地驚喜。『好，得了——實在是好機會噓。』

但咱們還是暫且小心，離開她身邊，一聲也不響。

過了些時之後，不是那姑娘總算拉了咱們的手，看中咱們了麼。

『我呀。』就這麼來了。『希湼布柳霍夫先生，就是愛你，也做得到的（眞是這樣說了的呵）。心裏還在想着好事情呢。卽使你不是美少年，也一點不礙事的。

『不過，有一件事要託你。請你幫幫我罷。我想離開這家，到明斯克，否則，就是什麼別的蘭波的市鎮去。我在這里，你瞧，弄得一生毫無根柢，只好給雞兒們見笑。家裏的父親——那很老的磨夫，是有着一宗大款子的。藏在那里呢，總得尋出來纔好。我沒有錢，就無法可想。於父親沒有好處的事，我原也不想做的，只是一想到會不會一兩天死在咽喉炎上，終於不說出錢的所在來的呢，便愁起來了。』

一聽這，咱們也有些發怔。然而那姑娘豈不是並非玩笑，嗚咽到哭出來了麼？而且還窺探着咱們的眼睛，在心蕩神移的。

『唉唉，那札爾·伊立支，喂，希涅布柳霍夫先生，你是在這里的最明白道理的人，還是你給想一個方法罷。』

咱們於是想出了一條出色的妙計。爲什麼呢，因爲眼見得這姑娘的花容月貌要歸於烏有了。

向那老頭子——我這樣想——那很老的磨夫去說，有了命令，叫克萊孚村的人們都搬走罷。那麼，他一定要拿出自己的財産來的……那時候，就大家硬給他都分掉。

第二天，到老頭子那里去。咱們是剪短了鬍子，好麼，換上了乾淨的衣服，這纔簡直好像是漂亮的女壻的樣子，走進去了。

『維多利亞・迦葉彌羅夫那，現在立刻照你託我那樣的來做。』

裝着嚴重的臉相，走近磨夫的旁邊去，

『爲了如此如彼的緣故，』咱們說。『你們得走了。因爲明天作戰上的方便，出了命令，叫克萊孚的居民全體搬開。』

唉唉，那時候，我的磨夫的發抖，在牀上直跳起來的模樣呵。

於是就只穿着短褲——飄然走出門去了。對誰都不說一句話。

老頭子走到院子裏了，咱們也悄悄地在後面。

那是夜裏的事。月亮。一株一株的草也看得見。老頭子的走路模樣，看得很分明。渾身雪白，簡直骸骨一般。咱們伏在倉屋的陰影裏。

德國兵的小子們，至今也還記得，在開鎗呀。但是，好的，老頭子在走。

然而，豈不是走不幾步，就忽然叫了一聲啊唷麼。

一叫啊唷，便將手拿到胸前去了。

一看，血在順着白的衣服滴滴地淌下來。

阿，出了亂子了——是鎗彈呀，咱們想。

看着看着，老頭子突然轉了方向，垂着兩隻手，向屋子這面走來了。

但是，看起來，那走法總有些怕人。腿是直直的，全身完全是不動的姿勢，那步調不是很艱難麼？

咱們跑過去，自己也慄慄地，一下子緊緊揑住他的手，手是冷下去了，一看，已經沒有氣兒——是死屍了。

被看不見的力量所拉扯，老頭子進了房。眼睛還是合着的。可是一踏着地板，地板便瑟瑟索索響起來——這就是，大地在叫死人往他那里去。

於是家裏的人發一聲喊，在死人前面讓開路。老頭子就用死人的走法，蹩到牀前，這就終於完事了。

就這樣，磨夫是託了咱們的福，死掉了。那一宗大款，也爛完了——唉唉，歸於永久，亞門。

維多利亞‧迦葉彌羅夫那就完全萎靡不振了。

哭呀哭呀，哭了整整一禮拜，眼淚也沒有乾的工夫。

咱們走近去，便立刻趕開。連見面都討厭。

不忘記的，恰恰過了一禮拜去看看，眼淚是已經沒有了。她還跑到咱們的旁邊來，並且彷彿很親熱似地說。

「你做了什麼事了呀，那札爾‧伊立支？什麼事都是你不好，所以這回倘不補報一點，是不行的。便是到海底裏去也好，給我辦點錢來罷。要不然，在我，你便是第一名的壞人，我要跑掉了。那里去呢，那是明明白白的，輜重隊呵。拉布式庚少尉說過要給我做情人，連金手錶都答應了我了。』

咱們完全悲觀了，左右搖頭。像咱們似的人，怎能弄到整注的錢呢。於是那姑娘將編織的圍巾披在肩上，對咱們低低地彎了腰。

『去哩。』她這樣說。『拉布式庚少尉在等我哩。再見罷，那札爾·伊立支，再見罷，希湼布柳霍夫先生。』

『且住，且住，維多利亞·迦葉彌羅夫那。請你等一下。因爲這是，不好好地想一想，是不行的。』

『有什麼要想的？到什麼地方去，便是海底裏也好，去偷了來。無論如何，如果我的請託辦不到。』

那時候，咱們的頭裏忽然浮出妙計來。

『打仗時候，是做什麼都不要緊的。大概德國小子就要攻來了罷——如果得着機會，只要摸一摸口袋就可以了。」

不多久，接連打仗的機會就到了。

咱們的壕塹裏有一尊大礮……唔唔，叫什麼呀——哦，名叫訶契吉斯的。

海軍礮訶契吉斯。

小小的礮口，說到礮彈，是看看也就可笑，無聊的礮彈。但是，放起來，這東西却萬萬笑看不得。

鎹地開出去，雖是頗大的東西，也不難毁壞的。那礮，有指揮官——是海軍少尉文査。少尉呢，是毫不麻煩的，頗好的少尉。對於兵丁，也並不打，不過是教抗鎗站着之類。

咱們都很愛這小小的礮，總是架在自己的壕塹裏的。

譬如這里是有機關鎗的罷，那麽，這一面就有密種着小松樹一般的東西——還有這礮。

德國人也很喫了這東西的苦。也打過一回波蘭的天主教堂的圓屋頂。那是因爲德國的觀測兵跑在那上面了。

也打過機關鎗隊。

所以這礮，在德國兵，是很沒辦法的。

但是出了這樣的事。

德國的小子們在夜裏跑進來，偷了這礮的最要緊的東西——礮門去，還將幾架機關鎗拿走了。

怎麼會有這樣的事的呢，想起來也古怪得很。

那是很寂靜的時刻。咱們是在維多利亞．迦葉彌羅夫那那里。哨兵仕礮旁邊打磕睡，換班的小子（這沒法想的畜生）是到値班的小隊裏去了。在那里，正是打紙牌的緊要關頭。

於是，好罷，就去了。

只因爲打牌的開頭是贏的，這畜生，就連回去看一看動靜的想頭也沒有。

可是這之際，就成了德國兵的小子們偷去礮門那樣的事了。

將近天亮，換班的到大礮這里來一看，哨兵是不消說，死屍一般躺着，豈不是什麼都給偷去了麼？

唉唉，那時的騷擾，眞不得了呵！

海軍少尉的文査是虎似的撲向我們，教値班的小隊全都抗了鎗站着，個個嘴裏都咬一張紙牌。換班的小子們是咬三張，像一把扇。

傍晚時候，將軍騎着馬來到了——大人是很興奮着。

不，那里，很好的將軍。

將軍向小隊一瞥，卽刻平了氣了。不是三十個人，都幾乎一樣地各各咬着一張紙牌麼？

將軍笑了一笑。

『去走一趟罷。老鷹似的勇士諸君，飛向德國的小子們去，給敵人看看顏色。』

至今沒有忘記，那時五個人走上來了，咱們也就在裏面。

將軍大人還有高見，

『今夜就去飛一遭，老鷹君。割斷德國的鐵絲網；就是一架也好，還帶點德國的機關鎗來罷。如果順手，就也將那礮門呀。』

是，遵命。

咱們就乘夜出發。

咱們半玩樂地進行。

因為第一，是想起了一件事，況且自己的性命之類，咱們是全不當作什麼的。

咱們是，先生，抽着了好運了的。

不會忘記的十六年（一九一六年——譯者）這一年，皮色黑黑的，據人說，是羅馬尼亞的農夫，巡遊着來到了。那農夫是帶着一匹鳥兒走路的呀。胸前掛着籠子，裏面裝着也不是鸚哥（鸚哥是綠的），不知道什麼，總之是熱帶的鳥兒。那鳥兒，畜生，眞是聰明的物事，不是用嘴抽出運道來麼？——各人不同。

咱們是得了忘不掉的巨蟹星，還有豫言，說要一直活到九十歲。

也還有各樣的豫言，但是已經都忘掉了。總之，沒有不準，是的確的。

那時候，也就想到了那豫言，咱們便全像散步一般的心情前進。

於是到了德國的鐵絲網的旁邊。

昏暗。月亮還沒有出。

沈靜地割開路，跑下德國的壕裏去。大約走了五十步，就有機關鎗——多謝。

咱們將德國的哨兵打倒在地上，就在那里緊緊地綑起來……。

這實在是難受，可怕。因爲恰像是半夜的惡夢般的事件呵。

唔，這也就算了罷。

將機關鎗從架上取下，大家分開來拿。有拿架子的，也有拿彈匣的。咱們呢，至今還記得，倒運，輪到了其中的最重的東西——是機關鎗的鎗身。

那東西，眞是，重得要教我想：唉，不要了罷！別的小子們身子輕，步步向前走，終於望不見了影子。可是咱們呢，肩着鎗身，哼哼哼呀地在叫。眞要命。

咱們想走到上面去，一看——是交通路呀——於是，就往那邊去了。

忽然，角落裏跳出一個德國兵來。嚇，那是高大得很，肩膀上還肩着鎗哩。

咱們將機關鎗拋在脚下，也拿起鎗來。

但是德國兵覺到了要開鎗——將頭靠着鎗腿在瞄準。

要是別人，一定喫驚了罷，那是，眞不知道要喫驚到怎樣的。但咱們却毫不爲意地站着。一點也不喫驚。

倘若咱們給看了後影，或是響一聲機頭，那是咱們一定就在那里結果了的。

咱們倆就緊緊地相對了站着。那中間，相差大約至多是五步。

大家都凝視着，是在等候誰先逃。

忽然，德國兵的小子發起抖來，向後去看了。

那時候，咱們就鏜的給了一下。

於是立刻記起那條計策來了。

慢慢地爬近去，在口袋裏摸了一遍——實在是不愉快的事。那里，這有什麼要緊呢，自己寬着自己的心，掏出野猪皮的皮夾和帶套的錶（德國人是誰都愛將錶裝在套子裏的）來，就將鎗身抗在肩頭，卽刻往上走。

走到鐵絲網邊來一看，並不是前回的舊路。

在昏暗裏，會被看見之類的事，是想也不想到的。

於是咱們就從鐵絲之間爬出去——呵呀，實在費力。

大概是爬了一點鐘，或者還要久罷。脊梁上全被擦壞了，手之類是簡直一榻胡塗。

但是，雖然如此，總算鑽出了。

咱們這纔吐了一口放心的氣。並且鑽進草裏，動手給自己的手縛綳帶——血在汩汩地流呀。

這樣子，咱們竟忘却了自己是在德軍那面了——這多麽倒運——可是天却漸漸地亮了起來。

即使逃罷，那時德國兵們却正在騷擾起來。大約是看見自己營裏的不像樣了，對着俄軍開礮。自然，那時候，如果爬出去，是一定立刻看見咱們，殺掉了的。

看起來，這里簡直是空地，前面一點，連草也幾乎沒有的，到村，是大約有三百步。

唔，沒有法子，那札爾·伊立支，希涅布柳霍夫先生，還是靜靜地躺着罷，有草在給遮掩，還要算是運氣的呀——就這樣想。

好。靜靜地躺着。

德國的小子們大概是生氣了，在報讎罷——無緣無故亂放。

快到中午，鎗是停止了，但看起來，只要有誰在俄國那邊露一點影子，就又卽刻對準那里開鎗。

那麼，小子們是警戒着的，所以便非靜靜地趟到晚上不可。

就是罷。

一點鐘……兩點鐘，靜靜地躺着。對於皮夾起了一點好奇心，來一看——錢是很不少，然而都是外國的東西……咱們是看中了那隻錶。

可是太陽竟毫不客氣地從頭上儘曬，呼吸漸漸地艱難，微弱了。加以口渴，那時候，咱們記起了維多利亞·迦葉彌羅夫那。但是，忽然之間，看見一匹烏鴉要飛到咱們的頭上來。

咱們用了小聲音，噓噓的趕。

『噓，噓，噓。那邊去，這畜生。』

這樣說着還揮了手，但烏鴉大概是並不當眞罷，忽然停在咱們的頭上了。

鳥兒之類，眞是無法可想的畜生——忽然停在前胸了。但是即使想捉，也不能捉。手是弄得一榻胡塗，簡直彎不轉。而烏鴉畜生不是還用了小小的利害的嘴在啄呀，用翼子在拍呀麼？

咱們一趕，牠就一飛，不過就又並排停下，於是飛到咱們的身上來。而且還飛得呼呼作響。畜生，是嗅到咱們手上的血的了。

不，已經不行了——心裏想。唔，那札爾・伊立文，喂，希涅布柳霍夫先生，至今倒還沒有喫鎗子，現在是這樣的下賤的什麼鳥畜生（雖然是說出這樣的話來，也許要受神的責罰的），卻不當正經，要糟掉一口人兒。

德國兵現在也一定要覺到在鐵絲網對面所發生的事件的。

發生了什麼事件呢——是烏鴉畜生想活活地喫人。

就是這樣，咱們倆戰鬥了很久。咱們始終準備着要打牠，不過在德國兵面前動手，是應該小心的，咱們眞要哭出來了。豈不是手是弄得一榻胡塗；還流着血，並且烏鴉畜生還要來啄麼？

於是生了說不出的氣，烏鴉剛要飛到咱們這里來的時候，驀地跳了起來，

『呔。』這樣說了。『極惡的畜生。』

這樣吆喝了，德國兵自然也一定聽到了的。

一看，德國兵們是長蛇似的在向鐵絲網爬過來。

咱們一下子站起，拔步便跑。步鎗敲着腿，機關鎗重得要掉下來。

那時德國兵們就發一聲喊，開鎗來打咱們了——但咱們却連躺也不躺下——跑走了。

怎麼跑到了面前的農家的呢，老實說罷，是一點也不知道。

只是跑到了一看——血從肩膀上在流下來——是負了傷了。

於是順着屋子的隱蔽處，一步一步蹩到自家的陣裏，忽然死了似的倒下了。

到現在也還記得的，醒過來時，是在聯隊地域中的輜重隊裏。

只是，急忙將手伸進口袋裏去一摸，錶是確乎在着的，然而那野猪皮夾呢，却無踪無影。

咱們忘記在那里了麼，烏鴉累得我沒有藏好麼，還是衛生隊的小子掏去了呢？

咱們雖然很流了些悲痛之淚，但一切都只好拉倒，其間身子也漸漸好起來了。

不過由人們的閑話，知道了在這輜重隊的拉布式庚少尉那里，住着一個標致的波蘭姑娘維多利亞・迦葉彌羅夫那。

好罷。

大概是過了一星期之後罷。咱們得到了若耳治勳章。便掛上這物事，跑到拉布式庚少尉的宿舍去了。

一進屋子裏，

『您好呀，少尉大人。您好呀，漂亮的波蘭姑娘維多利亞小姐。』

一看，兩個人都慌張了。

少尉站了起來，庇護着那姑娘，

『你，』他說。『你早先就在我的眼前轉來轉去，在窗下蹩來蹩去的罷。滾出去，這混帳東西，眞是……』

咱們挺出胸脯子，傲然地這樣對付他。

『你雖然是軍官，但因爲這不過是民事上的事，所以我也和別人一樣，有開口的權利的。還是請那個標致的波蘭姑娘，在兩人裏挑選一個罷。』

於們少尉突然喝罵咱們了。

『哼，這泰謨波夫的鄉下佬！說什麼廢話。咄，拿掉你這若耳治罷。我可要打了。』

『不，少尉大人，你的手雖然短，我却是曾在戰塲上像烈火一般，流過血來的人呀。』

這麼說着，咱們就一直走到門邊，等候那女人——標致的波蘭姑娘說什麼話。

然而她却什麽也不說，躲到拉布式庚的背後去了。

咱們很發了悲痛的歎息，呸的在地板上吐了一口唾沫，就這樣地走出了。

剛出門，不是就聽到誰的脚步聲麽？

一看，是維多利亞・迦葉彌羅夫那在走來。編織的圍巾從肩頭滑下着。

那姑娘跑到咱們的旁邊，便使尖尖的指甲咬進手裏去，但自己却一句話也不能說。

似乎好容易過了一秒鐘的時候，忽然用標致的嘴唇在咱們的手上接吻，一面就說出這樣的話來了。

『那札爾・伊立支，希涅布柳霍夫先生，我眞要誠心認錯……請你原諒原諒能，因爲我就是這樣的女人呀。可是。運道是大家不一樣的。』

咱們倒在那裏，想說些話了……然而，那時候，突然記起了烏鴉在咱們上面飛翔的事……心裏想，嚇，媽的，便將自己的心按住了。

「不，標致的波蘭姑娘，你，無論如何，是沒法原諒的。」

猶太

亞修

被棄者

亞修 Sholom Asch (or Ash) 於一八八○年生於波蘭。和 Peretz 等一樣，他初用希伯萊文寫，後覺它的讀者社會太狹小，改用猶太文。在新興的猶太文學中，亞修的小說有如賓斯基 (D. Pinski) 的戲劇。他是天生的藝術家，下筆作文不加修飾所以瑜瑕共見。他的長篇小說"Mattke the Vagabond"和"Uncle Moses"證明他的新世界及舊世界的背景之成功。在他的短篇小說裏，他是以詩的寫實主義，即所謂浪漫的和寫實的之混合，聞名的。

被棄者

眞吾 譯

白勒醒時聽到小孩的啼哭聲，他眼睛還閉着就叫他的妻：『珂爾達！孩子在號哭呢。』

珂爾達未曾回答。他四周一看知道她不在屋裏。他有些奇怪了，但他想：她必定自己去洗滌去了。他拿了一塊麻布塞在嬰兒的口中制止他哀啼。於是他起來着衣服。

這樣之後，他開始計算他從善卜力納家中所偷來的銀燭台已有了多少。在刹那的衝動間他爬到屋頂的小樓裏察看東西。都不見了！他到處搜尋……都不見了！

快快地又爬下來他即到他的妻底東西所懸掛的地方，拉開覆在上面的遮布。也都不見了……就在東方吐白的時候她跑走了。

同那個人呢？

同蕭羅麥•色羅叟？……或漢意爾哥伯？……

『好……讓她去罷，——上帝懲罰她！……誰顧到地獄呢？他勉強漠不關心地對他自己說，唾涎到壁上。『那是個好穩婆呵！……哈，哈，哈，……』

他對孩子瞟了一眼。

『但對這個可詛咒的小東西如何處置呢？』他自省地喃喃自語。『我祗要知道她在什麼地方我就放他在她的門前……抱了他……這是你底！』

一個壞念忽地在他的心裏閃過，使他變爲蒼白，而噬他的上唇，他的手顫抖了。他走近嬰兒，沒有蓋着地躺着，他的齷齪的破絨布被踢到旁邊，他的手塞在他的口中，含糊地微笑在不充實的空間•……他嘴巴的樣子使他追想起某人，……這是個舊相識麼？……他不能正確地回憶。

他離開小孩子，急忙戴上帽子，走出去，隨手鎖了門。他無目的地走，但心地沒有平靖……小孩的啼哭聲只是在他的耳邊響，好像在呌呼他……在幻想中他能看見他在他面前，踢出了他的小腿，狂亂地在哀哭……不！他當回去。……『呀，若我現在能夠接近她呵！』他自己想道，『我眞要捉往她的喉嚨扼死她了！……扼她的喉嚨直至她的舌頭伸出來，可詛咒的她呵！』

他走進一爿麵包店，買了一隻麵包，回到家裏。小孩如先前般躺着，沒有蓋着，只是微笑。

『着了魔鬼的小東西！他看去好像夠適意了，這小畜生。』……他又離開了家。但他不能行走了。時時他覺得他聽到小東西的哀啼……這使他感到如此的一種苦痛在心中……

他緊握他的拳頭回到家裏。現在小孩哭得分外悲哀了，『媽！……媽！……媽！……媽！……』

『你的媽媽麼，唉？小東西！……去找你親愛的媽媽去——瘟疫着了她吧！』

他把小孩放在臂膀裏。他挨緊他，他的小嘴巴在迫切地想得些東西。

『墮落她醜惡的靈魂，』他繼續詛咒，當他輕輕撫弄嬰兒的面頰和身體的時候。『莫哭泣，蕭羅麥兒……乖乖些……乖乖些……我求你。』

孩子依舊用他的小嘴巴在找尋，搖搖他的手，點點他的頭，好似在說話。他抱得更緊些，同時找些牛奶。他看見在火爐上有一點兒，浸麵包在這裏面。於是他以匙喂小孩……同時對他溫和地說話……『吃吧，乖乖，吃吧……你的母親——魔鬼着了她——已丟棄了你了……就是一隻狗也不丟棄她的小狗……她比一隻狗還壞…………不要哭……不，我不會丟棄你的……決非虛語，我不會。』

當孩子安靜下來時，他裹在一塊布裏，帶了他到街上。

他的出現在市塲上發生一個大大的躁動。白勒·可洛克（註：Kulock是第一的意思）同一個小孩！……從他的地位，克蘭尼克喊道：『唉，可洛克！你從那兒得到這個小孩？』

克蘭尼克的妻子分外興奮，急忙張着臂膀向孩子而來……笑着，拍拍小東西的屁股。

他是你底麼，可洛克？啊，我從來沒有！……看看他的一雙小眼睛，……他不是恰如曼琳娜！……她的鼻子——一色一樣地！如我活着喲！孩子是個什麼的寶貝呵！……給了我吧！……』她由他處抱了小孩，聳上聳落。『那兒！……那兒！你小無賴。』

老人克蘭尼克，竊賊隊的頭兒，漸漸走來，近了孩子，注視他，拍拍可洛克的背。

『好強健的小東西！……他將會敏捷地爬過橫樑，不錯的……誰是母親呢？』

『願她如火般燒了！……她跑走了，她帶了所有的燭台走了。』

『而遺給你這個小孩？』

『是。』

『那是壞的，……那是壞的。』

老人搔搔他的頭。小克蘭尼克走近來對可洛克說：『不錯……我猜想你將放棄你的職務，做一個保姆……她玩弄你一個好把戲，是麼？』

『你莫爲我而碎了頭顱……上帝是個供給者，可洛克總是可洛克！』

他抱起小孩到他的臂膀裏動身走了，經過鎮上。他似乎覺得人們在以他們的指兒指謫他，笑他。

當他到了鎮邊的林中時，他自己坐在一塊石上。

四周沒有一個生靈看見。樹枝悲慘地自語，好像它們脫落它們的黃葉……遠處流水的聲音微微可以聽到，好像在石子中飛濺。

白勒放下孩子在相近於他的地方，帶一種苦痛的感情注視他。孩子默默地驚視他，含着他的手看去好似在凝神沉思。可洛克怎樣處置孩子的念頭一點也沒有。一刹那間他想棄了他，但立地一種失了撫愛的小東西的可憐的感情，因爲是他自己的骨肉，在他的心裏驅逐了這種念頭。他又抱起孩子在他的臂膀裏，緊緊地抱着他，同時細細地注視他一切的形樣。他想在這些形樣裏認出他的自己，這個念頭他覺得有種快樂的溫熱在他四肢裏。

『小可洛克！』他對孩子喊道；『是的，你是個小可洛克，不錯；你將來也是個好孩子，我可預料。你將會爬過橫樑，通過風機，和頂樓的窗戶……打開鎖鍵，偷取牛皮……於是你也有了小孩……而他們的母親也丟棄了他們……但是——你將同你的孩子漂流，一家一家地沿門乞食？……你是誰呢？一個可洛克，如我一樣……你……我。』

他放小孩在河邊，躲在一株樹後看他將怎麼樣……他以腿來推移，含着小手，而嗚咽，好像在遊戲。『媽……媽……媽……。』

他偷偷地躲在另一株樹後，更遠一些，但他還能聽到孩子的哭聲。他這樣寂然而行從這株樹到別株樹遠了更遠了，直到再也聽不到看不見的時候。……於是他逃遁了。但就在他跑的時候，嬰兒的哭聲還是在他的耳邊響。『他怕會滾到河裏去，』

他忽地想到……他的頭痛了，他的心也覺得劇痛了……但他只是跑，跑……

忽而他停住了，四面一看，迅速地走回去。

他見孩子在大哭。他抱他在臂膀裏，走進林邊的草舍堆裏……經過一家一家的門口，他破聲地乞求：『給孤兒一點牛奶吧……給孤兒一點牛奶吧……』

近代世界短篇小說集(1)

奇劍及其他

實價大洋 小

一九二九年四月初版

一——一五〇〇

上海橫盤街

合記教育用品社發行

北歐文藝叢書：

(1)維多利亞（一名愛的故事——中篇小說） 瑙威 哈謨生 原作 魯迅譯（即出）

(2)瑙威短篇小說集（上） 梅川譯（在印）

Björnson; Lie; Kielland; Bojer; Undset, and others.

(3)瑞典短篇小說集（上） 眞吾譯（待印）

Topelius; Strindberg; Verner von Heidenstam; Selma Lagerlöf; Per Hallström, and others.

(4)丹麥短篇小說集 柔石譯（在印）

H.C.Andersen; J.P.Jacobsen; Drachmann; Pontoppidan; Nexö; Johannes V. Jensen, and others.

朝花社出版 上海棋盤街合記教育用品社發行

魯迅編：**藝苑朝華**

雖然材力很小，但要紹介些國外的藝術作品到中國來，也選印中國先前被人忘却的還能復生的圖案之案。有時是重提舊時而今日可以利用的遺產，有時是發掘現在中國時行藝術家的在外國的祖墳，有時是引入世界上的燦爛的新作。每期十二輯，每輯十二圖，陸續出版。每輯實洋四角，預定一期實洋四元四角。目錄如下：

1 近代木刻選集(1)　2 蕗谷虹兒畫選
3 近代木刻選集(2)　4 比亞茲萊畫選
(以上四輯已出版)
5 新俄藝術圖錄　6 法國插畫選集
7 英國插畫選集　8 俄國插畫選集
9 近代木刻選集(3)　10 希臘瓶畫選集
11 近代木刻選集(4)　12 羅丹雕刻選集

朝花社出版　上海棋盤街合記教育用品社發行